みずうみの妻たち　上

林 真理子

角川文庫
21205

目次

茶室　5
湖畔　27
上京　47
たそがれ　81
作家　112
講演会　166
祭りの夜　214

茶室

一

「やっぱり香泉堂《こうせんどう》さんのお饅《まん》はおいしいわぁ」

文恵《ふみえ》が茶室には、いささか不似合いの声をあげた。

「この桔梗《ききょう》の色とかたちが、何とも言えないほど綺麗《きれい》」

「それはね、今年からつくっているの。そんなに誉められると、うちの職人が喜ぶわ」

朝子《あさこ》の嫁ぎ先である香泉堂は、「湖《うみ》の暮《くれ》」と「梅づくし最中《もなか》」が名物であるが、茶の湯が盛んなこの街の人々のために、極上の生菓子も製造している。

今日の稽古《けいこ》に使われた菓子は、その中の新作であった。

「私、ダイエット中なんですけれどもね、お茶の時のお菓子はいただいてしまう。これは数の中に入らないことにしてるんですもの」

三十二歳の人妻とは思えない文恵の無邪気な口調に、師匠の金倉《かなくら》とみ子でさえ苦笑した。

「石川《いしかわ》さん、まだいくらでもありますから、たんと召し上がってください」

「嫌だわ、先生ったら。いくら私でも二個はいただけませんわ」

とみ子は寛大な師匠であった。多少の間違いや不作法があっても、のびのびと茶を楽しむことの方が大切だと日頃から力説している。そんな彼女のやり方が、文恵や朝子たち若いグループには合っているようだ。

「みずうみ会」は、十二人で構成されている女たちの親睦《しんぼく》団体である。四年前、当時青年会議所のメンバーであった夫たちに連れられて、ゴルフや食事を一緒に楽しむうちに、会は出来上がったのだ。

地元の者たちはかなりの揶揄《やゆ》を込めて「奥さま会」と呼ぶ。朝子は老舗《しにせ》の菓子屋の社長夫人であり、文恵の夫は造り酒屋の跡取り息子である。そこでつくっている「西山《にしやま》の誉《ほまれ》」は、朝子のところの「湖の暮」と共に、JR駅のショーウインドーを飾っている。「ようこそ湖と梅の里へ」と、大きく書かれた看板と一緒にだ。

その他「みずうみ会」には、市内の病院の院長夫人や建設会社の社長夫人など、確かに裕福な夫を持つ女たちが名前を連ねていた。結成当時は二十代だった女もいたが、四年の間に三十代を越え、跡取りや若社長だった夫たちも、名実共に社長になっている。

朝子の夫もその一人であった。

「うちの菓子は、京都のお姫さんが、殿さんのところへお輿入《こしい》れする時、嫁入り道具のひとつというて職人を連れてきたのが始まりだ。見てみい、この木型の上品なこと」

そんなことを絶えずつぶやいていた舅《しゅうと》が亡くなったのは、おととしの冬であった。夫の哲生《てつお》は三十八歳で八代目を継いだが、地方の菓子屋で終わりたくないと願っているのは、誰の目にもあきらかだった。

東京の四谷《よつや》に「KOHSENDO」という和食屋を開いたのもそのひとつだ。近頃は月の半分を上京している。新作の菓子「桔梗」はおそらく目にしていないはずだった。

「先生、今日のお軸は、本当に結構ですわ」

家具屋の妻である美津《みつ》が、まるで歌うように言った。なにごとも生まじめな彼女は、師匠が教えたとおりの「清談」をしようと一生懸命なのだ。

「そうでしょう、これは蓮月《れんげつ》の幼少期の短冊です。女の方たちばかりのお稽古日だから、これにしたのよ」

とみ子が嬉《うれ》しそうに答える。が、この頃になると文恵はかなり退屈し始めていた。

「私たちは女だけで、こうしてお茶のお稽古をしているのに、男共はまるっきり風流とはほど遠いことをしているんですよ」

話題を自分の方にひきつけようとやっきになる。お茶の席では、器や掛け軸、花といったようなものを話題にするようにという、とみ子の教えは文恵には無駄であった。彼女の明るさと強引さは、茶席をいつも井戸端会議のようにしてしまうのだ。

「明日までは泊まりがけのゴルフでしょう、その前はずうっと東京。勉強会とかいって、美津さんや朝子さんの旦那《だんな》さんたちを誘って遊び歩いてりゃ世話はありませんわ」

「そういう年頃なのよ」

とみ子は咎《とが》めることもなく、あっさりと言う。決して文恵の話を遮ったりしないのは、とみ子自身、有力者の妻たちの内緒話を楽しんでいる節があるのではないか、と朝子は思うことがある。

「働き盛りの男の方たちは、やっぱりどしどし遊ばなければ。それでこそ御商売繁盛というものでしょう」

とみ子に限らず、この街の女たちはいちように男の遊びをあきらめているところがあった。今はもうほとんど消滅したけれども、昔は湖のほとりの花柳界のはずれに、妾宅《しょうたく》が並ぶ路地もあったほどなのだ。

「だけど先生、私たちなんか一泊の旅行にだっていい顔されないっていうのに、男たちときたら三日も四日も東京にいっぱなし。何か悪いことを企《たくら》んでいるような気がして仕方ないの」

文恵はここで、こらえきれずに膝《ひざ》を崩した。数年前まで国際線のキャビンアテンダントをしていた彼女は、手も足も野放図なほど長い。「みずうみ会」の仲間に誘われて、茶の湯を始めたものの、こういう席は苦手でたまらないのだ。

「まあ、いいじゃないの、そんなことは」

たまりかねて朝子は言った。

「亭主は達者で留守がいいって言うわ。この後、みんなでおいしいものを食べに行こうなんて言えるのも、亭主が遠出してくれるせいじゃないの」

「駄目、駄目。そんなに呑気《のんき》なことを言って。香山《かやま》さんがいちばん悪いことしてるって、うちの主人が言ってるわ」

その場に居合わせた女たちは、軽いしのび笑いをした。そうすれば文恵の言葉は冗談となる、というふうにいっせいにだ。

朝子は黙って、練習用の志野《しの》の茶碗《ちゃわん》を置いた。確かに屈辱だったが、いつかはこんな日が来るような気がしていたのは事実だった。


「朝子さん、待ってよ」

車に乗り込もうとしていた朝子の腕を、ぐいと文恵がつかむ。滑稽《こっけい》なほど鼻の頭に汗をかいていた。

「ご免なさい。さっきのこと謝るわ。本当に失礼なこと言っちゃって」

「いいのよ」

自分でも驚くほど、冷たくそっけない声が出た。

「本当のことかもしれないし、違うかもしれない。ただ、みんなの前であんなこと言われて、嫌だなあって思ったの」

シートに座りかけた朝子の腕に、文恵はほとんどしがみつかんばかりになった。

「ちょっとさ、私の話を聞いてよ、お願いだから」

朝子がそれに答えないでいると見るや、文恵は反対側のドアを開け、隣のシートに座り込んだ。

「行って。どうせ帰る方向は一緒なんでしょう」

「あきれたコね」

ふたつ年下の文恵を、いつもそんなふうに呼んでしまう。それが彼女を甘えさせたり、つけあがらせたりするのはわかっていたがもう手遅れだ。

隣の県から嫁いできた文恵は、そのとっぴな言動や、目立ちすぎる大柄な容姿とで、なかなかこの土地になじめなかった。そんな彼女を妹のように朝子が可愛がり、庇《かば》ってきたことは、誰もが知っていることだ。

朝子の表情がふとゆるんだのを文恵は見逃さない。

「本当に冗談だったのよ。私、朝子さんに恥をかかせようなんて気分、まるっきりなかった。たいしたことじゃないの、本当に」

「あなた、車はどうしたのよ」

「うちに置いてきちゃった。今日は飲むと思ったから」

「それなのにみんなと食事に行かないの」

「いいのよ、朝子さんの方が大切だから」

こういう子どもじみた文恵の言動を、心のどこかで朝子は許している。思っていることをずけずけと口にし、動作も声も大きい文恵に眉《まゆ》をひそめる人は多い。由緒ある造り酒屋の跡とり夫人にふさわしくないというのだ。

けれども朝子は、文恵のよく動く目や口を見ていると、なんとはなしに微笑んでしまう。

「私の従妹《いとこ》にそっくりだから」

いつか文恵にも言ったことがある。朝子とその従妹は一時期東京で一緒に暮らしていたことがあった。朝子の母も叔母《おば》も出た女子大学に、二人とも通学していたのだ。

朝子は卒業後この街に帰ってきたが、ふたつ年下の彼女は、ひとり暮らしの間に恋をし、その男と結婚した。今は横浜《よこはま》に住んでいる。

「私、あそこに帰るぐらいなら、どんな男でもいい。東京の男と結婚しようと思ったの」

そんな彼女の言葉をふと思い出したのはなぜだろう。朝子は湖へ向かう道のカーブを切る。

二

十月の声を聞いたとたん、日没が急に早くなった。ドライブインの傍に見え隠れする湖は、重たげな灰色に染まっている。今年は紅葉がいまひとつ冴《さ》えないというものの、観光バスの数は増えたようだ。

それをいくつか抜いていくと、他の乗用車も心なし車体を道路の端に寄せる。

この街でベンツに乗っている人種ときたら、数少ない金持ちか、それよりやや少ない数の反社会勢力の男たちであった。

「私さ、朝子さんと違って、昔からお茶をやっていたわけでもないでしょう。もう足はしびれてくるし、やだなあと思ったら、ああいうつまらないことをポロッと言っちゃったのよ」

「本当のことを言いなさいよ」

朝子はアクセルを踏む。

「ああいうからには、おたくのご主人、何か知っているんでしょう。それをあなたに喋《しゃべ》った。たいしたことがないんだったら、冗談だって言うんなら、ちゃんと話しなさいよ」

文恵は黙りこくった。そしてややあって出てきたのは、

「朝子さんがかわいそう……」

というお決まりの言葉だった。

文恵の夫の石川が、そのことを知ったのはもう二カ月近く前になる。在来線から新幹線に乗り替えれば、あっという間の距離だ。なんだかんだと理由をつけて、青年会議所時代からの仲間はしょっちゅう東京へ出かける。

東京出張所を持つ石川や、店を出した朝子の夫、香山は月に二回は上京して、話題の街や店で飲む。その席に、香山は女を同席させるようになった。

「水商売の人なら、まあ、そういうこともあるかもしれないって、うちの人も思っただろうけど、その女の人って、なんていうの、空間なんとか……。そう、空間プロデュー

サーっていう仕事をしているんですって」

こんな最中だというのに、文恵の声は一瞬高くなる。

「東京のキャリアウーマンっていう感じで、ああいうのとかかわりあうと、いろいろめんどうくさいぞおって、主人は言ってた。そんなに美人でもないし、どちらかというと男っぽい女なんですって。でもね、香山さんのグラスに、しょっちゅう氷を入れたりして……」

ここまで言いかけて、さすがの文恵もしまった、と思ったらしい。

「朝子さんがかわいそう」

合いの手のように、その言葉をつぶやく。それはまるで免罪符のような効果を持っていると思い込んでいるようだった。

「聞いといてよかったわ。本当よ」

わずかに伸び上がって朝子はバックミラーを見る。自分の顔に何の変化もない。そのことがさらに平安を朝子にあたえる。

「感謝してるっていってもいいぐらい。でもこういうことは、人に言わないでちょうだい」

いつになくしょげて、寄っていけとも言わない文恵を家の前で降ろし、朝子は家へ向かった。

駅前にある香泉堂本店は、四階建てのビルになっている。一階は店舗、二階は喫茶室と続き、住居は裏のエレベーターで上がる。朝子はどさりとソファにバッグを投げ出し、同時にぐったりとからだを沈めた。

夫の浮気は今度が初めてではない。二回ほど水商売の女のことでもめたことがある。いちいち確かめたわけではないが、ゴルフや海外に出かけた先で、その場限りのことはいくらでもあっただろう。

そんな夫の、今度の相手は、いささか毛色の変わった普通の女だという。

「本気なんだろうか」

とつぶやいたとたん、腹立たしさがまたこみ上げてきた。文恵に人前で恥をかかされたという大きな理由をひとまずとりのけようと努力すると、その後に嫉妬《しっと》や悲しみといったものが、ほとんど残っていないことに朝子は気づく。

どうしてこれほどめんどうくさいことが起きるのだろうか。昨日まで朝子は、穏やかな毎日を送っていたはずだ。

これといった用事がない時は、午後から喫茶室を手伝う。ベンツを運転して、市内に二軒ある支店に行く時もある。最近はお茶の他に、文恵たちと英会話を習い始めた。

そんな穏やかな日常が、夫の浮気によって邪魔されようとしている。これからは悩んだり、考え込んだりしなければならない日が続くだろう。朝子はこの理不尽さの方に、怒っているのだ。

のろのろと手を動かし、ＣＤをセットした。朝子の大好きなモーツァルトのヘ長調ディベルティメントが入っている一枚だ。ボリュームをいつもより高めにして聞きながら、朝子はピアノに明け暮れていた少女時代をふと思い出した。月に一度は東京へレッスンを受けに行き、ピアニストになりたいと本気で考えていた。あれが、朝子が何かをしたいと熱望した、最初で最後だったような気がする。

だが中学生になると、手があまり成長しない。こんな小さな手では、これから先上達はむずかしいだろうと言われた時に、朝子は夢をあきらめることにした。そして、同時に強い感情を抱かないすべも会得したような気がする。

親が勧めるままの女子大へ入学し、親が帰ってこいと言えば、素直に従った。従妹のように東京に踏みとどまろうとは、ほとんど考えなかったといっていい。そこで親と争ったり、声高に要求を主張するのは、考えただけでおっくうなのだ。だから父親の医院を手伝いながら、花嫁修業というものを二年間した。その間に香泉堂の跡とり息子との縁談が持ち上がったのだ。哲生というその息子とは、かなり昔からの顔なじみだった。母親同士が仲がよく、子どもの頃は一緒に小旅行に出かけたこともある。

香泉堂は街きっての資産家だったから、そう悪い相手ではない。本人の哲生は、アメリカに留学していたこともある触れ込みだったが、わずか半年のことで、そのために日本の大学を留年してしまった、と後から聞いた。

とはいうものの、哲生はがっちりとした体格に、人なつっこい丸顔を持っていた。会う者に警戒心をあたえない、いい笑い顔である。アメリカ仕込みのマナーも、優しさと見えないこともなかった。

「ああいう商売屋へ行くのもいいかもしれない」

朝子の母は言った。

「あんたみたいな、おっとり、ぼんやりは、ふつうの奥さんになったら、そのまま呑気《のんき》になってしまう。忙しい家に行って、自分も仕事を始めれば、案外楽しくやれるかもしれないよ」

今にして思えば、母は街に何人もいるような、「出来たおかみさん」になることを望んでいたのかもしれない。夫を助け、商売を切りまわしている女たちは、ここにはいくらでもいる。みな裕福なところに嫁いだのだが、ただの奥さんでいるのがもの足りなくなり、家業を手伝い始めたところが案外おもしろかったのだ。

今では夫以上の働きをする女たちが「みずうみ会」にもいる。大原《おおはら》家具店のみな子、文久屋《ぶんきゅう》漬物本舗の智恵美《ちえみ》などがそうだ。

母はきっとこう言いたかったに違いない。

「このままだと心配なのよ。いっぺんでいいから、いきいきと、何かに夢中になっているところを見せてちょうだい」

けれども朝子は、母親の期待どおりにはならなかった。姑《しゅうとめ》の時江《ときえ》からして、おとなしい家にいる女なのだ。茶の湯と人形づくりに精を出し、香泉堂の喫茶室は時江のつくった千代紙人形がところどころ置かれている。この家は、商家といっても、女が働くふうではないことは嫁いですぐにわかった。

「まあ、いいわよ。すぐに忙しくなるから」

母は言った。

「子どもが生まれたら、そんなにぼんやりとはしていられない」

だが母のもくろみはまたもやはずれた。結婚二年目に、流産とも言いかねるような早期の失敗をみてから、朝子は全く妊娠しなくなった。今や自分の三十四歳という年齢をみても、かなりむずかしくなっているはずだと思う。

あの時も、道はあったのだ。だが子どもが欲しいと熱望し、徹底的に治療をするということを朝子はしなかった。

「いいさ、そのうちになんとかなるよ。無理することはないさ」

と哲生の慰めを、その後ずっと言いわけのようにして今日に至っている。

そんな女に、どうして激しい嫉妬の情がわき起こるだろう。腹立たしさと不愉快さの中に、嫉妬はまるでないと朝子は分析し、そんなことをする自分の心を測りかねている。

それにしても夫はどうするつもりなのだろうかと、朝子は考える。文恵の話だと、今度の女はどうやら今までの相手とは少し違うらしい。空間プロデューサーという肩書きを持つ女だということを聞いた。

だが、その空間プロデューサーというものが、どういうものだか朝子はまるでわかっていない。ただその言葉からは、いかにも東京らしいきらびやかさが漂ってくる。

昔からそうだったと、朝子は思う。夫の哲生はずっと東京の方を向いていたのだ。大学を卒業した時、ある大手の商社の内定をとったと、いつか自慢したことがある。

「親父さえ物わかりがよけりゃ、五年か六年は勤められたはずなんだ。それをすぐ家に帰って来いって命令されて、ずうっと丁稚《でっち》をさせられたんだからな、ついてないよな」

その恨みは哲生の場合、やや屈折した憧憬《しょうけい》となっていたようだ。自分は単に東京にひかれる田舎者とは違う。金もたっぷりあり、東京で教育を受けた人間だという自負が、哲生をかなり尊大な人間にさせた。

なじみの店もいくつかあり、月に一度は必ず上京した。東京の友人に会って、人脈を拡げるというのが表向きの理由だった。やがて青年会議所だけではあき足りなくなり、勉強会もつくった。その人脈とやらのつてで、東京から有名な評論家や作家を呼び講演会を開催したこともある。

舅《しゅうと》はそんな息子に説教じみたことも言わず、黙って暇と金を与えているようだ。香泉堂は十年前から株式会社となり、従業員の数も安定している。番頭格にあたる専務が、すべて取りしきっていたから、哲生は確かに気ままなことが出来た。

この街の跡とり息子たちは、たいてい若いうちは哲生のように過ごす。そして父親が亡くなるやいなや、いきいきと新しいことを始めるのであるが、哲生の場合は少し様子が違っていた。店を拡張するわけでも、新製品をつくり出すわけでもない。ただ東京を目ざしたのだ。

大学時代の友人で不動産をやっている男がいる。その彼が見つけてくれた四谷のビルの一階に和食レストランをつくった。その不動産屋の知り合いの建築家が加わり、店は凝ったものになった。

コンクリートがむき出しになったその店を朝子は少しも好きになれないが、哲生はこれが東京だという。

夫は東京に住むその女と結婚したいのだろうか。それも十分考えられる。一時しのぎの遊びなら、夫は手っとり早い、水商売の女を選ぶはずだ。

ああ、めんどうくさい。朝子のいきつくところはそこになる。夫との話し合い、家族の驚きや悲しみ、法律上の手続き……。思いうかべただけで、ぐったりとなる。怒りや嫉妬よりも、そのことに朝子は腹を立てている。どうしてこんな不当なことが、急に起こったのだろうか。

その夜、朝子は眠れなかった。夫の浮気を知って、気分が昂《たかぶ》っているというのは、いかにもありきたりの話だが、本当に眠れないのだから仕方ない。

それは文恵の言った、

「水商売の女の人と違って、ああいう女はめんどうくさい」

という一点にあるようだ。夫がその女にひかれているのは、朝子に全く気づかれなかった用心深さでもわかる。水商売の女の時は、あまりにも不用意なことが多かったのだ。

夫はその女に本気なのだろうか。本気だとしたらどの程度なのだろうか。

朝子は寝返りをうった。結婚する時、朝子は哲生の希望でダブルベッドを持っていった。けれど眠れないという理由で、二つのベッドに替えてからもう三年になる。その時から、夫に抱かれることはめっきり少なくなったと思い出し、そして朝子は静かな確信を持つ。

文恵の言ったことは本当だろう。哲生が足しげく東京に行き始めてから、心のどこかにそんな予感があった。あの都市にとけこみたいと願っている夫が、土地の女に恋さないはずはないではないか。

女のことを確かめれば、夫はきっと、そうだと答えるだろう。その後のことを考えると朝子のいらだちはさらに増すのだ。泣いて、夫の不実をなじるというのが、一般的であろうが、それをするにはあまりにも自分は不純という気持ちがする。泣いてわめくほど口惜しいかというと、朝子の心のどこかで何かが首を横にふる。

ただ不快さが増す。難問題がもちあがって腹立たしいというのがいちばんあたっているだろう。

しばらく実家に帰ろうか。両親は健在だが、それがまた始末に悪い。母の静子《しずこ》が、

「子どもさえ出来ればねえ……。あの時の子が元気で生まれていればねえ……」

とおろおろするのは目に見えているからだ。

そんなことではない、と朝子は思う。たとえ子どもがいたとしても、自分はこんな夜

を迎えていただろう、きっとそうだ。

三

哲生は東京の店や人々に対して、大層見栄《みえ》を張る。そして常連として扱われるのを何より喜ぶのだ。

「この頃はオレの好きな部屋を必ずとっといてくれるんだぜ。気がきいたアシスタント・マネージャーがいて、コーヒーじゃなくて、お紅茶でしたね、なんて気を遣ってくれる。ここらへんのホテルじゃちょっと真似出来ないね」

常宿にしているホテルは、東京でも一流といわれるところで料金も高い。日曜の夜遅く帰ってくれば一泊少なくなるところ、哲生はきまって月曜の朝早く帰宅する。

その日は、いつものアタッシェケースの他に、二つの紙袋を抱えてきた。四谷の近くのホテルに、イタリアンブランドだけを揃えたブティックがある。哲生はそこのお得意なのだ。店員にいい顔を見せたいばかりに、哲生はシーズンごと、たくさんのスーツやシャツを買う。そこの店はジャケットが三十数万円もするのだ。

「ちょっといいだろう。ここはネクタイもバカ高いけど、スーツにきまるんだよな」

着替えるついでに、買ってきたものを試着する哲生は、上機嫌ではしゃいでいる。背はそう高い方ではなく、ずんぐりとした体型だ。四十近くになってから腹のあたりに、目に見えて肉がついてきた。だが、若々しい動作に加えて、しゃれっけもあるのでそう見苦しいことはない。

　血色のいい丸顔と、朗らかな二重の目は、女たちが近づきやすいものだろう。

「あのさ、うちの店におととい、誰が来たと思う」

「誰ですか」

　朝子は冷ややかに聞こえないように努力した。

「歌手の浅倉麻里《あさくらまり》とさ、俳優の高田洋一《たかだよういち》。あの二人、やっぱり噂は本当だったんだよなぁ。オレ、店の者に言って、シャンパンを一本サービスしといた」

　いかにも田舎者めいたやり方だ。そんな時は、目立たない席に案内し、素知らぬふりをしていればいいのに……。

　朝子は、おそらく店の奥で興奮していただろう哲生の姿を、苦々しく思いうかべた。

「さてと、今日は銀行に行かなきゃならないし……」

　買ったばかりのジャケットを名ごり惜しそうにハンガーにかけ、哲生はふと朝子の顔を見つめた。一瞬何かを探ろうとし、それを打ち消すように明るい声で言った。

「あれ、なんか顔色が悪いね。どうしたの。おっかない顔をしちゃってさ」

　夫が悪いのだと朝子は思った。こんなふうなきっかけをつくるのだから。

「東京の女の人とは、どうなっているんですか」

　口に出したとたん、自分はやはりとても傷ついていたことがわかった。

「東京の女って、どういうこと」

哲生は実にやさしげに目をしばたかせた。まだ逃れられると思っている。小動物のような目だ。

「ごまかさなくてもいいんです。私はただはっきりしたことを知りたいの」

堰《せき》を切ったようなという表現がまさしくあたるように、朝子の中でたくさんの感情と言葉がほとばしり出た。

「あなたがあまりにも堂々とおつき合いになるから、みんなが知っていることなんでしょう。この街で私ひとりだけが恥をかいているんだわ」

この場合の嘘は仕方ないだろう。いや、嘘だとは思わない。文恵の夫、石川の口から、東京の女のことはかなり拡まっているはずだった。

「教えてくれた人がいて、私もやっとわかったわ。それまでおかしい、おかしいと思っていたけれど、あなたを信用していたから、問い詰めたりしちゃいけないと思っていた」

これは朝子自身についた嘘だ。いずれこんなことがあるだろうとは予感していたものの何も気づいてはいなかった。

そして次の言葉をどうしようかと、朝子は考える。二つの道があった。それはいま熱く沸きたち始めている感情のおもむくまま、口を動かすことであった。そしてそれはもう喉元《のどもと》まで出かかっている。

「あなたは私に恥をかかす気なのッ。みっともなくてもう街を歩けやしない」

愚かさのまま、野放図に言葉を発することは反吐《へど》に似ている。それはとても気持ちがいいものだ。悪酔いした時のように、朝子の胸の中は、たくさんの不愉快なものがたまっている。

さあ、吐いてしまおうと思って、朝子はためらった。そうしたら、ますますみじめな気持ちになりはしないだろうか。だいいち、朝子は嫉妬《しっと》しているわけではないのだ。本当にそうだ。プライドという固いものが、ひょいとからだの奥から顔を出し、反吐を押しやろうとしている。

「とにかく事実を教えてください。すべてはそれから考えようじゃありませんか」

冷静な、思いきり冷たい言葉にするやり方もある。

ほんの一瞬朝子は迷い、後者の方を選んだ。しかし、哲生は黙ったままだ。二重の丸い目はあいかわらずパチパチと閉じたり開いたりしている。思いもよらぬ誤解に、ただ呆然《ぼうぜん》としている風を装っていることは、すぐにわかった。けれども言葉はなかなか出てこないようだ。

彼も迷っているらしい。このまましらばくれるか、それともすべて観念して許しを乞《こ》うかだ。二人は見つめあい、しばらく沈黙があった。その後、哲生の唇が不意にゆるんだ。初めて見るような、卑しいやくざな笑いがひろがる。

「そんなに深く考えるなって」

哲生は唐突な、といってもいいほど大きな声を出した。

「東京に行った時に、たまに会う仲なんだ。おもしろい女だから、みんなにも紹介したりする。ただ、そういうことなんだ」

「結婚はしないんですか」

自分でもなんと陳腐な質問だろうと思った。哲生は、だからやってられねえよとでも言うように、大きく身をよじる。

「あのなぁ、結婚とはそういうことじゃないだろう。お前はいったい何を考えてんだよお、全く、だから嫌になってしまうぜ」

哲生は今の不愉快さは、すべて朝子のせいだと言わんばかりに、きつく睨《にら》む。そのありさまは、憎悪とほとんど似ている。

「どうせ石川あたりが言ってるにきまっているけど。あいつだって、六本木《ろっぽんぎ》のホステスといい仲なんだ。毎月決まった金だってやっているはずだ。オレたちはそんな仲じゃない」

哲生は「オレたち」という言葉が、どれほど妻を傷つけるか、その効果を十分に知っているようだった。

「あっちにしても結婚なんか考えているはずもないさ。とにかく何も要求してこない。金もからんでなけりゃ、情もからんじゃいない。とにかく、そういう仲なんだ」

情もからんでいなくて、どうして会い続けるのか。ごく当然の質問を朝子は言いかけてそしてやめた。理屈も何もない、こういう男の愚かさに、ただ目を見張っていた。

「オレばっかりじゃない。他の連中も多かれ少なかれ似たようなことをしている。オレばっかり言われる憶《おぼ》えはないさ。ただオレがあれこれ言われるのは、みんながオレに妬《や》いているからだ」

「妬いている？」

意外な言葉に、朝子は聞き返した。

「そうだ、妬いてるんだ」

ふてぶてしさと、子どもっぽい得意さとで、哲生は奇妙にゆがんだ顔になった。

「みんな金ばっかりかかる水商売の女なのに、オレだけは違う。あっちの方がオレに惚《ほ》れていて、対等のつき合いをしている。それがみんな羨《うらや》ましくて仕方ないんだ」

「あーら、そうなの」

朝子は皮肉を思いきり込めた。

「そんなにみんなが羨ましがる女の人と、つき合えて本当によかったわねえ」

「そうだ、だからガタガタ言われる憶えはない」

哲生の顔がさらにゆがむ。

「東京でいろいろ商売を始めりゃ、わからんことばっかりだ。田舎者だと思って馬鹿にされたくない。あの女は、いまこういうものが流行《はや》っている、こういうことをすればぼうけるっていうことを、ちゃんと教えてくれるんだ。オレにとって仕事の相談役だ。お前なんかが、だから言う資格はないんだ」

湖畔

一

朝子はゆっくりと車を止めた。

日曜日ともなると満杯になる駐車場だが、平日の午前中のせいか、わずかに四台の車しか見えない。

「紅葉屋《もみじや》」はこのあたりによく見られる、土産物屋とレストランを兼ねた店だ。レストランといっても、ラーメンもあればカレーライスもあるといったドライブインのようなものだが、それでも結構流行っているらしい。ついこのあいだもレストランを拡張したばかりだ。

朝子が子どもの頃「紅葉屋」は茶店といっていいほどの小さなつくりだった。父親の経営する医院に昔勤めていたという縁で、朝子一家はここの糸江《いとえ》ばあさんを贔屓《ひいき》にした。

あの頃カメラに凝っていた父は、休みごとに茶店に家族を連れていったものだ。ここから見る湖がいちばん綺麗《きれい》だという。朝子と弟を湖の前に立たさせ、よく写真を撮った。そして必ずアイスクリームかキャンデーを買ってくれた。

医者という商売柄、そういうことには大層口やかましかった父親だが、糸江ばあさんのところのアイスクリームだけは、わざわざ手に持たせてくれる。が、けばけばしい包み紙は、他の店と全く変わらない。朝子が前から食べたかったものだ。

しめた、と思う気持ちはずっと続いていて、高校生になってからは、毎日のように仲間と買い食いをした。糸江ばあさんは先生に見つからないようにと言って、朝子たちを自分の店の居室に入れてくれた。わざわざ茶も淹《い》れてくれる。それはどれほど居心地のよい場所だったろう。朝子たちはずい分長いこと、お喋《しゃべ》りをしたものだ。

あの時、糸江ばあさんは幾つだったのか。父親がそう呼んでいたので、朝子もそれにならっていたが、案外五十をちょっと過ぎていたぐらいかもしれない。

当時ひとりぼっちだった糸江ばあさんなのに、ある時から息子夫婦が一緒に暮らすようになった。朝子の家の看護師たちの噂話をつなぎ合わせると、彼女はいろいろな理由から夫と別れ、息子ともひき離された。朝子の父の医院に、付き添いとして働き始めたのもそのためだ。

そしてここから劇的な続きがあるのだが、彼女が献身的に尽くした患者が多少の遺産を残してくれた、その金で糸江ばあさんは、湖の畔《ほとり》に茶店を出す。

茶店がうまくいき始めたので、やがて息子夫婦をひきとったということらしい。

今は正真正銘の老婆になった糸江ばあさんは、今の幸福を静かに謙虚に味わっている。

昔からの苦労でかなり腰が曲がっているが、今も売店に出て、朝子が来ると相好を崩して喜ぶ。だからたまにはいかないわけにいかないのだ。

朝子はまっすぐレストランのドアを押した。顔なじみの店員がにっこりと笑いかける。

「ばあちゃんは」

朝子は糸江ばあさんのことを、昔からそういうふうに呼んできた。

「会長は……」

と言いかけて店員はかなり照れる。こう呼ぶように指示されているのだろう。

「病院に行くとか言ってましたよ。足の具合がまだよくないんで、三日おきに行ってるんです。さっき店の車で送ってきましたから、もう帰ってくると思うんですけど……。あの、社長ならいますよ」

「あ、いいわ。別に急ぎの用事があるわけじゃないから」

朝子はあわてて手を振った。やり手の息子がどうも苦手だった。おそらく、会長、社長という名称を使わせたのも彼に違いない。

「ばあちゃんが帰ってくるまで、私、外で待たせてもらう」

コーヒーカップを受け取り、庭に出た。

湖に面して、梅の木が五、六本植えてあるあたりに、牛乳メーカーの名を大きく書いたベンチがある。昔、向こうの樹々が、とても美しく湖面に映るといって、カメラを持った父が朝子を立たせたのもこの場所だ。騒々しい観光客と一緒のレストランはまっぴらだったから、朝子はよくここでコーヒーを飲む。

不思議なことに彼らは、ガラスごしに見える湖は喜ぶくせに、外に出て眺めてみることはあまりしない。バスの窓ごしに湖を見、展望レストランから見、それで満足して帰っていく。だから朝子のベンチがふさがっていることはあまりなかった。

ややや風は冷たくなっているというものの、湖の上にちりばめられた光の粒を見ていると、夏はついこのあいだのことのようだ。

朝子はコーヒーをすった。おいしいはずはない。ちらっとキッチンを見たことがあるが、途方もなく大きなフィルターで、いっぺんに淹れているのだ。

ただ苦いだけの不味《まず》いコーヒーは、子どもの頃のアイスクリームを思い出させた。ただ、外で食べる、糸江ばあさんのところへ行く、ということだけで、それはたまらなく美味に感じたものだ。

さて、これからどうしようかと、朝子はカップを受け皿に置く。夫の浮気に悩む妻というのは、テレビや雑誌でさんざん見知っていたが、いざ自分がその立場になると困惑が先に立つ。

哲生は言った。女とは結婚する気はまるでない。東京で仕事のパートナーの、延長のようにつき合っているだけだ。だから何も心配することはないのだと。

これを聞いて納得するような愚かな妻になれたら、どれほどいいだろうかと朝子は思う。

その愚かさはちょうど眠りに似ている。こういうものだとあきらめて、何も思考しないようにする。ずぶずぶとぬくい心地よさの中に身を沈ませる。

本当に何も考えないほどらくなことはない。

朝子はほんの一瞬であるが、自分もその心地よさの中に身を投じようと思ったこともある。自分の性格から考えて、それも出来るような気がした。

哲生は約束したではないか。東京でだけの仲だ。これを発展させるつもりはまるでないと。黙認というかたちは、昔からこの街の女がよくする意志表明だ。現に朝子の母にしても、若い頃、父親の行為を見て見ぬふりをしたことがある。高校生だった朝子さえ、知っていることだが、母親は自分ひとりでうまく隠しおおせたと思っている。

「世間体さえちゃんとしてもらえば……」

叔母《おば》との電話の切れ端が、耳に入ってきたこともある。

「こちらの面子《メンツ》をつぶすようなことをしてくれなきゃ、仕方ない、あきらめるかなと、この頃は考えるようにしているの」

朝子は考える、夫が他の女性を愛したと知った時、妻は悲しみと口惜しさよりも、まず世間に対して身構えるものではないだろうか。夫から与えられる屈辱よりも、他の女たちからの屈辱の方がずっとつらい。少なくとも朝子はそうだ。

同情と好奇心が入り混じった同性の視線は、この街では迅速に、しかも鋭く飛びかう。老舗《しにせ》の社長夫人として、一見恵まれた立場にいる朝子だからこそ、それがどういうものかよくわかる。

人々の噂という外敵から、一応身を守ることが出来れば、後は自分の家の中で問題を解決すればよい。夫に対する制裁は、例えば浪費や無関心といったことで済ませる。そして夫の不らちな恋情がおさまるのをじっと待てばいい……。

だが自分は、夫の自分勝手な理屈を、そのまま鵜《う》呑《の》みに出来るような愚かな女ではない。

そうかといって、強い女でもない。夫が裏切ったからといって、家を出たとしても、それから先はどうなるのだろう。

父親の医院を手伝ったぐらいで、娘時代も働いたことはない。勤めようと思えば出来るだろうが、何の資格も持たない三十代の女を雇ってくれるところがあるとは思えなかった。少なくともこの街にはない。

そんなことより香泉堂の妻が離縁されたといったら、おそらく多くの人々が好奇の目で見るだろう。それに耐えながら、わずかな給料のために働くなどというのは想像外のことだ。もし働くとしたら東京に出ていかなければならないだろうが、それも全く現実感がない。

学生時代を過ごしたところであるが、今はたまに出かけても、おびえたような気分になって帰ってくる。車と人がとにかく多すぎるのだ。たまに買い物に出かけるぐらいでもぐったりしてしまう。

あれも駄目、これも駄目と指を折って考えていくと、やはり朝子は耐えなければいけないということになる。おそらく哲生はそのことを誰よりもわかっているのではないだろうか。

朝子は胸がきりりと痛む。これでは「全面降伏」というものではないか……。

「朝子奥さん！」

後ろからしゃがれた声がした。振り向くまでもなく糸江ばあさんだった。子どもの時分から結婚するまで、糸江ばあさんは朝子のことを「朝子嬢ちゃん」と呼んでいた。結婚したとたんそれが「朝子奥さん」に変わった。

「ばあちゃん、足は大丈夫なの」

茶色のスラックスに包まれた下半身は、病院行きを聞いたせいか、とても頼りなく見える。

「ああ、注射をうってもらったら、大分らくになった。足に水がたまるだよ。それを抜いてもらっちゃ、注射の繰り返しだね」

よっこらしょと、糸江ばあさんは朝子の横に腰をおろした。このあたりの老婆がよくするターバン状の帽子を被《かぶ》っているが、もしゃもしゃとした白髪が下からのぞいている。この老婆が若い頃はちょっとした美貌《びぼう》で、艶聞《えんぶん》がひとつふたつあったとは、とても朝子には信じられない。

茶店を始めた頃は、年寄りをたぶらかして金を出させた、という噂もあったぐらいだ。

「いやあ、そりゃ七十年も使ってりゃ、いろいろガタも出てくるさ。だけどもう五年は、だましだまし使いたいよねえ」

糸江ばあさんはコートのポケットから煙草を取り出した。このあいだまで両切りの強いものだったのだが、最近はセブンスターらしい。それでもうまそうに吸う。

「どうだい、朝子奥さん、赤ん坊の方は」

若い頃は煩わしいほどよく聞かれた質問だが、三十過ぎた頃はぱったりと止《や》んだ。糸江ばあさんは、無邪気にこういうことを聞ける数少ない一人になっている。

朝子も素直に答えた。

「今はもうあきらめてるわね。出来たらいいし、出来なかったら仕方ないって」

「大丈夫だってば、うちの嫁だって、三十八の時だったからな」

もう何十ぺんも聞いた話だ。この孫によって糸江ばあさんは息子夫婦と仲直りすることになると、朝子は先まで諳《そら》んじているほどだけれども決して嫌な気分ではない。

「ばあちゃんとこのお嫁さんは元気だし、それに息子さんとも仲がいいわ」

「朝子奥さんとこと同じじゃねえか、元気で夫婦が仲がいい」

「うちのところは……」

朝子は苦笑した。この老婆にすべてをうち明ける気などまるでなかったが、言い繕おうとする自分がなぜか滑稽《こっけい》に見えた。

「うちのところは……」

うまく言葉が見つからない。普通よ、というのもおかしな言い方だし、何とかやっているわ、というのもこの場合適切ではなかった。とにかく、すべて空々しいのだ。朝子はそれきり黙った。

「香泉堂の若社長さんはいい人だ」

糸江ばあさんはやがてぽつりと言った。

「わしは朝子奥さんが毎日楽しそうにしてくれりゃ、それでいいさ」

「まあ、なんとかやるわよ」

ひどくそっけない返事になった。

そうだなと糸江ばあさんは頷《うなず》きながら、再びよいしょと立ち上がる。

「朝子奥さん、うどんを食べていかないかね」

「うどん？」

確かレストランには、あまり美味《おい》しくないラーメンがあるだけで、うどんはメニューにはなかったはずだ。

「今度からやるだよ。秋から冬にかけちゃ、お客が少なくなるだろう。なんか温かくてうまいもんをと思って、息子と相談していろいろつくったんだよ。ためしにわしが打って出してみたら、うんと客に喜ばれてね」

最後は恥ずかしそうな笑顔になった。

「うどんを？　ばあちゃんが打つの」

「ああ、これでも昔はよくつくったもんさ。朝子奥さんは知らないだろうけんど、おたくで働かせていただいてた時は、時々打って、先生もうまい、うまいって食べてくれたもんさ。わしはもう年だから駄目だけれど、打ち方とだしの取り方ぐらいは教えることが出来るさ。カシワと葱《ねぎ》を入れた田舎風のもんだけれど、これがうまい。朝子奥さん、食べていってくれ」

そして、糸江ばあさんは、にっこりと入れ歯を大きく見せた。

「香泉堂の奥さんにこんなことを言うのはおかしいけれど、商売っていうのはおもしろいもんだねえ。この年になっても飽きないよ」

どうしても食べていってくれという誘いを断わり、朝子は車に乗った。家まで走らせながら、不意に「後悔」という言葉が浮かんだ。

商売っていうのはおもしろいものだ、と言った糸江ばあさんの顔が、急にいきいきと輝き出したのを朝子は見逃さなかった。

そうなのだ、老舗《しにせ》に嫁いだ時、商家のおかみさんに徹することはいくらでも可能だったはずだ。普通の家からやってきて、夫顔負けの実業家になった女の例はいくらでもある。

あのおかみさんが来たから、あのうちはますます繁盛していると言われる店は、この観光地には多かった。彼女たちは店に出て指揮をとり、奥に引っ込んではパソコンを叩《たた》く、いつも身綺麗《みぎれい》にし、子どもの世話も手を抜かないから、人々は感嘆してしまう。

朝子はそういう彼女たちに見苦しさを感じても羨《うらや》ましいと思ったことは一度もない。商売の楽しさを骨身にしみ込ませてしまった女は、どれほどいい妻や母であろうと、どこか男っぽい。てきぱきした口調や、大きな声で喋《しゃべ》る癖を見ていると、朝子は自分とは遠い人という気がしてしまう。

いや、彼女たちも以前は、自分と全く同じだったはずだ。香泉堂に嫁ぐと決めた時、朝子の中にはそういう気持ちがあったことは否めない。

けれども朝子は最初にきっかけを失ったようなのだ。

「それほど無理はしなくてもいい。商売のことはおいおい習ってもらうから」

義父母の言葉をそのまま信じ、こわごわ店に出ているうちに、あっという間に時間がたってしまったような気がする。

ワンマンであった義父に叱られることが多く、そのためにはあまり目につかないようにしようというのが、朝子なりに考えた処世術だった。だから若おかみ然としたことは一度もない。

店員に交じって、売り場に立ったり、包装を手伝ったりしている間に、義父が亡くなり夫が後を継いだ。この時に夫が完全に実権を握ってくれていたら、事態はまた変わっていたかもしれない。だが義父の右腕となって働いていた専務が、すべてを取りしきるようになり、夫はすっかりそれに甘えている。

こうした中、朝子の立場は微妙なものとなり、毎日店に出ても、店員には注意がしづらい。また彼らもそれが当然と考えている節がある。

二

夕食の皿を並べている時に、哲生が帰ってきた。こんなことは珍しい。東京に行かない時は、寄り合いだ、接待だと忙しくしていて、めったに家で食事をとらないのだ。口では強いことを言っても、やはり女の一件を気にかけているに違いなかった。そしてそんな心遣いが嬉《うれ》しいかと言えばそうでもなく、煩わしさの方が先に立つ。

だいたい肉の数が、姑《しゅうとめ》の分を含めても二枚しかないのだ。

ところが直前になって、姑の時江は、急に出かけると言い始めた。友人から電話がかかってきたと言うのだ。

「中平町においしいしゃぶしゃぶ屋さんが出来て、今日が開店日だっていうの。ちょっと行ってくるわ」

まるで若い娘のように楽し気に出かけてしまった。この年頃の女によくある話であるが、夫を亡くしてからの方が、かえって時江は若やいできた。最近は思い立つとすぐ、旅行や食事に出かける。

それにしても、計画性のないところ、享楽的なところはそっくりで、哲生とはよく似た親子だと朝子はつくづく思うことがあった。

「来年の春、ヨーロッパへ行くかもしれない」

そんな矢先、哲生は夕食の席で宣言する。

「いつもの連中と、フランス、イタリアだ。ワインの勉強をしてくるつもりなんだ。食い物屋をやっていて、ワインのことがよくわからんっていうことじゃ困るからな」

ワインではなく、ビールをぐっとひと息に飲む。

「朝子も連れていってやるぞ」

重大な打ち明け話をするように言った。

「みんな女房を連れていくっていうのに、うちだけが連れていかないわけにもいかないだろう。まあたまには二人でどこかへ行くのもいいさ」

最後はいかにも恩着せがましい言い方になったので、朝子はもう少しで笑い出すところだった。

なんと見えすいたやり方なのだろうか。浮気の結着を、ヨーロッパ旅行でつけようとしているのだ。それを言ったら、朝子が喜んでとびついてくると信じている。いや、結着ということではない。結着というのは、夫が女と別れることを指す。

先日の居直りの様子からいって、哲生は女と別れる気がまるでないらしい。朝子が強い女だったら、ここで一波瀾《はらん》もふた波瀾も起こるところであるが、親に告げ口することも、罵《ののし》ることもなく今日に至っている。ヨーロッパ旅行というのは、それをさらに引き延ばすための手段だろう。つまり、朝子はひどく夫になめられているのだ。

哲生はフォークで、ぐちゃぐちゃと肉をつつき始める。見えすいたことをして……。朝子は軽く笑い出したくなるが、それは怒りというものかもしれなかった。

「石川のところの奥さんは元気か」

不意に哲生が文恵の名を挙げた。

「元気じゃないですか。いつも車でとびまわっているわ」

「そうそう、あの紺色のBMWはやけに目だつよ」

しばらく沈黙があった。哲生はぴちゃぴちゃと舌を鳴らすように肉を食べる。旧家だ、金持ちの息子と言われて育っても、夫は食事の作法がひどく悪いことに朝子は気づいている。

今はまだ耐えられる。けれども来年か、再来年になったらわからない……。朝子はレタスの葉に向けて、塩を強く振った。

それにしても、何という空虚な会話だろう。何もない、広いものを埋めていくように、哲生は時々言葉を発する。

「あの奥さんはいいよなあ、明るいし、ざっくばらんだ」

「そうね」

「CAをしていただけあって、よく気がつくから評判もいい」

哲生は皮肉を言っているのかと最初思ったが、彼の意図は別のところにあるらしい。

「君とも仲がいいんだろう」

「そうね、あの人がお嫁に来た時からのつき合いかしら」

「今度、二人で東京にでも出かけてくればいいじゃないか。石川には、オレから話してやってもいい」

「そういうわけにはいかないでしょう。あそこはうちと違って、小さなお子さんがいるんですから」

「いやあ、そんなことはないだろう。あそこはお手伝いさんもいるし、お袋さんも元気だ。めんどうをみてくれるさ」

ようやくわかりかけてきた。どうやら哲生は、朝子を買い物旅行にでもやって、それで気をまぎらわせるつもりなのだ。仲よしの文恵となら、喜んで行くと思い込んでいる。休暇と金を与えれば、たちまち機嫌が直ると信じているに違いないのだ。その単純さに朝子は目がくらむような怒りをおぼえた。

「文恵さんとはずっと前、『みずうみ会』で伊豆《いず》に行ったことがあるわ。それに時々は二人でよく出かけるし……」

「今度はみんな一緒にヨーロッパへ連れていってやるって言ってるんだぞ」

そして哲生は、自分はなんと鷹揚《おうよう》で、気前のいい夫なんだというふうに、にっこりと笑った。

「そんな旅行より、もっとしたいことがあるわ」

言った後で、朝子は軽くしまったと思った。そんなことは何もありはしないではないか。嫌味の代わりに、心にもないことを言ってしまった。

「へえー、何なんだい」

この時朝子は、自然に舌が動くままにまかせた。

「私は、店をしてみたいのよ」

店をやってみたいの——。

こう発してみると、それはずっと以前からの朝子の願いだったように思われてきた。

「へえー、どんな店なんだよ」

哲生がそう驚かなかったのには理由がある。この街で老舗の女房たちがもうひとつ小さな自分の店を持つのは、それほど珍しいことではない。

さすがに水商売の店こそなかったが、ブティックや食器屋、そしてアクセサリーショップなど、小綺麗《こぎれい》な商売ばかりだ。繁盛している店もそうでない店もある。共通しているのは、みんな東京から仕入れているということで、彼女たちは娘時代過ごした都会のセンスで、この街を啓蒙《けいもう》しようとしていることだ。

これ以外に、やり手の夫が、妻に新商売をやらしている例もある。この街でも有数の企業である野崎醬油《のざきしょうゆ》では、昨年の暮れ、本店の横にパテとハムの専門店をつくった。東京や大阪ではあるまいし、こんな街でそんなしゃれた店をとまわりは首をひねったものだが、野崎の若社長は、

「うちのアンテナ・ショップだから」

と言いはなった。地方の醬油屋はこれから新しいことをしなければ生き残っていけないというのが彼の理論だ。

朝子と同じように、医者の家から嫁いできた野崎の妻は、それまで全く商売などしたことはないというのに、料理学校にまで通った。店を任され、職人探しまで自分でしたという。

幸いなことに開店そうそう女性誌にいくつか載った。タウン誌ではなく、東京で発行している人気雑誌だ。

「古都で見つけた手づくりの味」

などというタイトルで、にっこり笑った野崎の妻の写真は案外大きく、「みずうみ会」でも評判になったものだ。哲生もそのことを憶《おぼ》えていたらしく、どうやら朝子が前から店を持つことに憧《あこが》れていたと思い込んだようだ。

「どんな店をやりたいんだ。洋服屋か、それとも野崎の女房がつくったようなハム屋かよ」

案外楽しそうに尋ねる。

「ううん、私はフランス料理のレストランをやりたいの」

朝子の中で、やっと輪郭が見えてきた。

東京に出かけた時、たまに麻布《あざぶ》や青山《あおやま》のひっそりしたレストランに連れていってもらうことがある。中に時々品のいい女性オーナーを見ることがあった。彼女たちはあきらかに、雇われている女たちとは違う。

控え目な化粧をし、目立たぬ服をまとっているが、金がかかった上質なものだということはすぐにわかった。常連客たちににこやかに挨拶《あいさつ》し、今夜のおすすめ料理を告げる。そして客の小さなわがままを聞いてやる。

そういう姿になんともいえない品格があって、朝子はずっと以前から彼女たちのことを深く心に刻み込んできたような気がした。

といっても、自分がフレンチレストランを経営したいなどと、今の今まで考えたこともない。それなのに哲生がヨーロッパ旅行や、東京行きを提案したとたん、この考えは猛然と頭をもたげてきたのだ。

自分の浮気と、旅行とを交換条件にした哲生の小心さと狡猾《こうかつ》さ、そして吝嗇《けち》なところに反ぱつしたせいだ。妻の傷ついた心が海外旅行で癒《いや》せると思っている夫に、腹を立てない妻がいるだろうか。

こんなもんじゃ済まされない——。

心のどこかで大きく叫ぶ声がした。

「この街は料亭や割烹《かっぽう》はやたら多いけれど、ちゃんとしたフランス料理はないわ。昔あったところは、オーナーとシェフが年をとりすぎてやめてしまったし、今あるところはファミリーレストランに毛が生えたようなところよ。私、ちゃんとしたフランス料理をやってみたいの。花が絶対に造花じゃなくて、甘ったるいワインなんて置いてないようなところ」

「なるほどね」

朝子が熱心に喋《しゃべ》れば喋るほど、哲生は視線をぼんやりとさせるようになった。全く気を入れて聞いていない証拠だ。そして薄笑いさえ唇にうかべる。

「それで金は誰が出すんだよ」

「あなたに決まっているでしょう」

鼻を鳴らすようにして朝子は言った。これには二つの意味がある。

「香泉堂に銀行がお金を貸さないはずがないじゃありませんか」

駅前のこの本店だけで、評価額が幾らするかというのは、この数年の哲生の自慢話になっている。

「それに水上町支店の二階はずっと倉庫になっているわ。あんな一等地、もったいない、何か店でもやったらどうかって、あなた前から言っていたじゃないの」

水上町というのは、以前は郊外の小さな町であったが、数年前に大手の薬品会社が誘致されてからというもの、人がどっと移り住むようになった。前から持っていた駅前の土地にビルを建て支店をつくったところ、今では香泉堂のケーキ部門の中で、群を抜いて第一位の売り上げになっている。

「そりゃ、そうだけど、喫茶店でもどうかっていうことで、フランス料理とは考えなかった」

「金がかかりすぎる、リスクが大きいっていうことですか」

「そりゃそうだよ。オレだって一応経営者のはしくれだから、わざわざ危険牌《パイ》は振らんさ」

「だけどあなたは――」

朝子はまっすぐに夫を見つめた。

「そのくらいのことをしてくれてもいいと思うわ。そうでしょう」

ゆっくりと言葉にしたら、それは宣言になった。

「とにかく私は何か始めたいの、やらせてくれないと困るわ」

上京

一

ホテルのバスタブが、朝子は大好きだった。時々一緒に上京する友人たちは、倹約してシングルの部屋に泊まったりするが、朝子はそんなことはしない。

少々値は張るが、ダブルの部屋をとり、たっぷりした浴槽につかる。そして新幹線の中で買った週刊誌をめくったりする。

もちろん家ではこんなだらしないことは許されない。風呂《ふろ》の中で雑誌をめくる楽しみは、東京へ行くことによってつくられた楽しみのひとつだ。

バスからあがり、ローブをまとう。いつも使う高輪《たかなわ》のホテルは、上質の白いバスローブが置かれていた。買い物のために上京してくるたび、一流のホテルを使えるのは「みずうみ会」の仲間の夫が、ここと仕事上のつき合いがあるため割引きがあるのだ。

多少交通が不便だが、どうせ地下鉄に乗らない女たちには、かえってタクシーの方が都合がいい。「みずうみ会」のメンバーたちは、最近このホテルが専らだ。

時計を見る。五時を少し過ぎたところだ。いつもだったら銀座《ぎんざ》にでも食事に出かけるところだが、今日は目的が違う。計画中のフランス料理店のために、人と会わなければならないのだ。

渡部隆子《わたべたかこ》は、女子大時代のグループのひとりだった。東京のサラリーマンの娘で、彼女自身もごく平凡な職場結婚をしたと思ったのもつかのま、隆子の夫は脱サラして、レストランを始めるのだ。

いや、「脱サラ」という言い方は、正しくないかもしれぬ。隆子の夫の両親は、もともと麻布十番《あざぶじゅうばん》で洋食屋を経営していたからだ。

「だけど家を継ぐなんてひと言も口にしたことなかったのよ。それが父親が亡くなったとたん、オレがやってもいいなんて言い出して、これって詐欺っていうもんじゃないかしら」

最初は怒っていた隆子であったが、会うたびにおかみさんらしくなっていく。上京の予定を日曜日にしたのは、隆子の店の定休日だからだ。普段の夜は、

「レジうったり、お運びしたり、とても出て行けないわ」

悲鳴のような隆子の声を思い出しながら朝子は髪にドライヤーをあてた。

六時半にホテルのレストランを予約してある。店を出すことを決めてから、つとめてフランス料理ばかり食べるようにしていた。ここのホテルは、ワインが豊富なことと、いいソムリエがいることで有名だ。

六時半きっかりにレストランに降りていったら、ちょうど隆子もこちらへ歩いてくる

ところだった。

「久しぶりねえ。最後に会ったのが、もう三年前になるかしらねえ」

エレベーターの前で、隆子は指をからめてくる。昔からこんな子どもっぽい動作をする女だった。


「本当は和食にしようと思ったんだけれど……」

ずっしりと重いメニューを拡げながら朝子は言った。

「ごめんなさいね、フランス料理なんて、うちで食べ慣れているでしょう」

「なに言ってるのよ」

隆子はあわてて手を振る。

「うちは町の洋食屋にケが生えたようなところよ、ステーキも出しゃ、オムライスもチキンカレーも出すんだから。こういうきちんとしたところで食べさせてもらえば、本当にいい勉強になるわ」

「私もそう。本当に勉強しなきゃならないのよ、いろいろね」

最後はため息のようになった。

「それについてだけどさあ……」

隆子は何か言いかけたが、黒服の男が近づいてきたのでとっさに口をつぐんだ。

「もうお決まりでしょうか」

「私はこのノルウェー産のサーモンをいただくわ。それからメインはお肉にしよう。この胸腺《きょうせん》、ソースはあっさりしているのかしら」

「そうでございますね、赤ワインをベースにした濃厚なものでございます」

「カロリーが高そうだけど、まっいいわよね。おいしそうだもの、それにするわ」

さすがに食べ物屋のプロらしく、てきぱきと注文する。朝子は温かい根菜のサラダと、舌びらめのムニエルを頼んだ。

「ねえ、さっきの話の続きだけど……」

男が立ち去るやいなや、隆子は身を乗り出すようにし、声をおとした。

「フランス料理屋をやろうなんて、随分無謀なことを考えるのね。私、電話で聞いてびっくりしちゃったわ」

「そうかしら」

「あたり前よ。この店を見なさいよ」

反射的に朝子は首を後ろに曲げる。キャンドルが灯《とも》った店の中には、三組の客がいるだけだ。

「一流のホテルのレストランでもこんなもんなのよ。東京のフランス料理店なんて、ばたばた潰《つぶ》れて、みいんなイタリア料理店になってるわよ。イタリア料理の方が、ずっと材料にお金をかけなくてもいいから。うちなんかさ、場所もいいし、さっき言ったみたいに洋食屋みたいなもんだから、なんとかやってるわよ。だけどこれから新しくオープンしようなんて、私は信じられないわよ」

「銀行の人にも言われたわ」

朝子は素直に言った。

「こんな地方都市でフランス料理なんてやめろって、内装にもやたらお金がかかるし、軌道に乗るまで時間がかかる。でもね、私、フランス料理じゃなかったら、おそらく店なんかやろうと思わなかったはずよ」

「まあ、朝子にそんなロマンティックなところがあったなんてね」

さっき朝子が選んだ赤ワインが運ばれてきた。この店の格に合わせて、相当ふんぱつしたボルドーだ。

「主人もね、フランス料理だったら、まあ、世間体もいいんじゃないかと思ってるところがあるみたい」

「まあ、まあ、世間体のために商売するなんてねえ」

隆子はやや皮肉混じりのため息をもらした。

「朝子のところは、どっさりお金があるだろうからそんな優雅な商売が出来るのよ。うちなんか朝から晩まで働いて、なんとか二人の子どもを食べさせていかなきゃならない。本当に大変なのよ。あのね、悪いことは言わないわ。今までみたいに、ちょっとうちを手伝う奥さまでいた方がずっと楽よ本当だから……」

最後は怒りとも、自分に対する哀しみともいえない口調になった。

「あのね……」

朝子はグラスを置いた。そろそろあのことを言い始めてもいいだろう。これからいろいろ相談相手になってもらう旧《ふる》い友人を、これ以上怒らせることはない。

「あのね、うちはあんまり主人とうまくいっていないのよ、主人には女がいるの。最近知ったんだけど」

「あら、まあ……」

「主人はね、バレたとたん居直り始めたのね。家庭を壊すつもりはない、東京の女で、たまに会うぐらいだ、文句を言うなって感じで、まあ居直り始めたのよ」

「………」

「もちろん別れることも考えたんだけれど、あんな街で、私みたいな女が一人で生きていけるはずはないわ。実家にだって迷惑をかけてしまう。八方ふさがりの中でね、ふっとお店をやれたらなあと思ったの。そうしたら、もう夫やうちのことをあれこれ考えずに生きていけるかもしれない。夫にとってもこれは、いいことなのよ。私の関心がそっちの方へ行って好きなことが出来る。いってみれば店を出すっていうのは、私たち夫婦がやっと見つけた妥協点っていうことなのかしら、私たちは子どももいないし、こんな方法しかないの」

「そうだったの」

隆子は心から親身な声を出した。

「私はまた、なんてお気楽なことばかり考えているんだろうと思ってたけれど。朝子もいろいろ大変なのね」

「そう大変なのよ」

そう答えながら、心のどこかで苦笑している自分に朝子は気づいた。大変なのよ——。さまざまな苦悩も、眠れぬ夜もこんな単純なひと言で片づいてしまうものなのかもしれない。

「それでお店を開くにあたってはさ、ちゃんとアドバイスしてくれる人はいるの」

「四年前まで『マロニエ館』っていう、老舗《しにせ》のフランス料理店があったの。オーナーとシェフが年とったんで店を閉めたんだけれど、そこのオーナーにいろいろ教えてもらってるわ。彼のおかげでシェフも何とかなりそうなの」

「そのオーナーっていうのは、もう年なんでしょう」

「来年で確か七十五だったと思うわ」

「あのね、どんなお店にするつもりかしらないけれど、引退したお爺《じい》さんの意見を聞くよりも、もっと若くていろんな店を手掛けている人にアドバイスしてもらったらどうかしら」

隆子は次第に、いかにも商家の女主人という雰囲気になってきている。

「うちは麻布十番でしょう。この頃様変わりがすごいけれど、新しいお店はたいてい、なんか有名な人たちがやってるわ。建築家だったり、空間プロデューサーだったり……

……」

　だがそこまでは、隆子に告げる必要はない。

　空間プロデューサーという言葉に、まず体がびくりと反応した。

「あのね、銀行の人にも言われたの。東京からアドバイスする人を頼んだらどうかって。ああいう人たちって、花の飾り方から、ナイフとフォーク、クロスの色までも選んでくれるんでしょう」

「そうよ、それからオープニングの招待状の発送、有名人を呼んでくるなんてこともするわよね。あのね、うちの近くに新しいクラブが出来たのよ。近所のよしみで、うちにも招待状くれたの。どんなとこかなあと思って見たかったから、主人はよせって言ったんだけど、ちょっと行ったのよね。そしたらびっくりするじゃないの。相原進《あいはらすすむ》とか、真《ま》崎理奈《さきりな》なんかがずらりいて、みんなでシャンパン飲んでいるのよ」

　隆子が挙げた芸能人の名前を、二人とも朝子は知らなかった。中学生の女の子を持つ隆子は、そうした名前にも親《ちか》しいらしく、その後も何度も口にする。

「今井《いまい》カンナも来てたわよって言ったら、うちの娘なんかキーキー言ってたけど。確かあの店も有名なプロデューサーがやってるとか聞いたわ。だからあんなに派手なことが出来るのねえ」

「あのね、私は、出来るところは出来る限り自分でやってみたいの。東京からそういう人を連れてきて、全部やってもらえば確かに楽だしセンスいいけれど、私らしさっていうものが出ないわよね」

「そうね、そういえばこの頃、どんな店もモダン懐石みたいになっている。だからうちみたいな、昔っぽいつくりの洋食屋が、わりと珍しがられるんじゃないかって、主人ともよく話すのよ」

「そうよね。どんな皿使って、どんなクロスにしてって考えるのって楽しいじゃないの。そういうところから店づくりの喜びみたいなもの、あるんじゃないかと思うの」

と言いかけて、朝子は自分の少女めいた言葉に恥じる。どうやら少しずつワインの酔いがまわってきたらしい。

「そうね、建築家といろいろ相談しながらやっていくのがいちばんいいかもね。今日相談したいのは、そのこともあったのよ。ねえ、隆子の知っている人で、飲食関係に強い、いい建築家はいないかしら」

哲生は四谷の「KOHSENDO」を建てた男をしきりに勧めるのであるが、朝子はあのコンクリートがむき出しになった壁や、唐突に出現する民芸調の障子などがどうにも好きになれなかった。

「主人はだからお前は田舎者だなんて言うんだけれど、私はあんなふうにモダンなものじゃなくて、もっとあったかい感じの店にしたいのよ」

「そうねえ……、うちの改築をやってくれた谷岡《たにおか》さんっていう人がいるけれど、この人はありきたりの、まあ、どうっていうことのない人よね。こちらの言うとおりにやってくれるっていう利点はあるけれど」

　デザートのスフレが二人の前に置かれた。これは時間がかかるために、前もってオーダーしなければならない。二人がメインディッシュを食べ終わった頃、ちょうどふくれるように計算されたものだ。上のざらめ砂糖がきらきらと輝く菓子を見つめながら、朝子はこれを何とかメニューのひとつに加えられないかと考える。

「あのね、いろいろ知り合いのつてで建築屋を頼むとね、途中でこれは違うんじゃないかと思っても断わりづらくなるわよ。いっそのこと、雑誌で見て自分で選んだらどうかしら」

「えっ、そんなこと出来るの」

「あたり前じゃないの。あのね、雑誌にその人の作品が出てくるから、それを見て、その人がいいなと思ったら電話をかけてみればいいの。有名な人から若手まで、ずらりと載っているわ」

「あのね、私みたいな有名人でもない、普通の人間が電話かけたりしても、ちゃんと取り合ってくれるのかしら」

「あたり前よ。どこそこの誰って名乗って、会ってくださいって言えば、向こうも商売なんだから、当然会うに決まっているじゃないの」

　隆子の唇には、いつのまにか優し気な微笑がうかんでいる。

「おかしい、朝子ったら、今のおびえようはないわ。女の子みたいな目をして『ちゃんと取り合ってくれるかしら』だって、あなたって昔から〝ねんね〟のところがあったけれど、少しも変わってないわ」

「やめてよ。三十すぎのおばさんをつかまえて〝ねんね〟はないでしょう」

「本当よ。あのね、私みたいに東京の真ん中でがやがややってる人間と違って、あんな湖のほとりの街で、お金持ちのところへ嫁入ったらあなたみたいになれるのねって、私、つくづく思ったわ」

夫に浮気をされたこと、夫婦仲がうまくいっていないことを最初に説明したのに、なぜか隆子は、それを忘れてしまったようなそぶりだ。

二

次の日、隆子に教えられたとおり六本木の本屋に出かけた。ここがホテルからいちばん近く、建築関係の雑誌が揃っているという。

確かに普通の住宅専門誌から、工業用建築の専門誌までさまざまに並んでいたが、そのどれもが重く、選び出した八冊を紙袋に入れてもらうと、ずっしりと腕にこたえた。

おまけにタクシーがなかなかつかまらず、朝子は何度も背伸びするように、片手を挙げていなければならなかった。ホテルに着き、タクシーを降りようとしたら、ずっと紙袋をぶらさげていた右の手に、くっきりと赤い紐《ひも》の跡が残っている。

「重そうでいらっしゃいますね。ベルボーイに運ばせましょうか」

顔なじみになったサブ・マネージャーが声をかけてきたほどだ。朝子は礼を言った後で大丈夫と手で制した。

部屋に戻った後、なぜだかおかしくなり、ひとりくすりと笑った。

「全く今からこれじゃ、やっていけないわ」

女がひとりで店を出そうというのだ。それなのに店の資料を持っただけでよろよろとし、危う気な足取りになったらしい。

「本当にこれじゃあね」

最後に自分に言い聞かせるようにして、朝子はバスルームのドアを開けた。栓を思いきり大きく開ける。ほとばしる熱い湯を眺めながら、朝子はやはり自分があのことを気にしているのだと思った。

昨夜、隆子と別れた後、家に電話をすると哲生は留守だという。

「あさってには帰るとおっしゃって、最後の新幹線で東京へ行かれました」

お手伝いの声を心の中で再現すると、それは意外な重量感を持って、やわらかい部分に鈍くあたった。

一度すべてのことがあきらかになった後、二人の間には不思議な沈黙状態があった。あの女のことは最初からなかったことのように、朝子も哲生も振るまっている。夫は居直ることがなく、妻は責めることをしない。これが穏やかな日々というのなら、確かにそうも言えないことはなかった。

けれどこの均衡を、再び哲生は崩したのだ。あの女といるのはわかっている。夫が他の女とそうした関係を持ったこと自体は、今まで自分をそう傷つけていなかったと朝子は思い込んでいた。

しかし、いまこの同じ東京の空の下で、哲生は女と一緒だ。近い空気を吸い、これから道のどこかで擦れ違うかもしれない。これこそ侮辱というものだ。

何も妻が上京している最中に、こちらに来なくてもいいではないか。何か急な用事が生じたのか。

いや、このところうちでおとなしくしていたので、急に女の顔が見たくなったのだろう。

蛇口から流れ落ちる水は、浴槽の中で大きな渦をつくっている。朝子は右手を入れ、しばらくの間、流れるままに動くのを見つめていた。

けれどもいつまでも、そうしているわけにはいかなかった。朝子は注意深く髪をタオルで包み、そろそろとバスタブの中に入っていった。

わずかな東京暮らしで、すっかり悪い癖が身についてしまったようだ。雑誌をめくる時は、熱い湯に体を浸《つ》けていたいと思う。反対に湯に入っている時は、手持ちぶさたになり、何かめくってみたいと思う。

いずれにしても、すぐに湯が満たされるホテルのバスルームだから出来ることだ。ありふれた、少々広いだけの家の風呂《ふろ》では、こんな不作法は不可能にきまっている。

少々重いが、買ってきた雑誌をめくる。隆子の言うとおり、何人かの建築家がグラビア・ページで紹介されていた。案外、女性も多い。

女性でいながら、建築物を創り出す彼女たちを、朝子はしげしげと見つめた。けれど小さな写真に写っているのは、ごく平凡な顔立ちの、そう若くない女たちだ。そして設計したものも、写真に似てあまり強い印象は持てなかった。

次に「店舗展望」という雑誌を開く。この一年、話題となったレストランやバーを特集したものだ。この本になると、女性の建築家はぐっと少なくなる。

けれども人工石やコンクリートをたっぷり使ったこれらの作品も、朝子にとってはどれも同じに見える。四谷の「KOHSENDO」もそうなのだが、いかにも〝モダン懐石〟という風になるのが朝子には気に入らない。

パラパラとめくり、朝子の指が止まった。それは横浜に昨年オープンしたイタリア料理店だった。ふつうこうしたレストランというのは、大仰な壁画が描かれていたり、つくり物めいた円柱があったりするのだが、その店はごくシンプルな木で出来ている。大きな梁《はり》が見える低い天井と、ドレープのたっぷりついたカーテンとでイタリアの雰囲気はつくられている。

「カジュアルなイタリアンなのだが洗練されている。そんなオーナーとシェフの料理へのコンセプトを、こういうかたちで表現してみた。僕はヘソ曲がりなので、流行の石は、あえて使いません」

短いコメントの傍らに、その男の写真が載っていた。「大和田真一《おおわだしんいち》」とある。私大の大学院の建築科を修了した後、カリフォルニアに留学と書かれてあった。生年月日を見ると四十三歳で、哲生とほぼ同世代ということになる。

いくつかの賞のタイトルも加えられていたが、それがどういう意味を持つものか、朝子にはわからない。けれども、彼のつくった店の写真からは、確かに才気といったものが伝わってくる。

電話をして、ちょっと話を聞いてみるというのはいけないのだろうか。電話というのは、即依頼ということになるのだろうか。

一応彼を第一候補とし、家に帰ってからもう一度考えてみる。しかし考えるといっても相談する者などいないのだ。

朝子が店をやると言い出した時、専務は多少渋い顔をしたということだが、面と向っては何も言わない。香泉堂の身代を揺るがすようなことが無ければ、たいていのことは大目に見ようと、この老人は決心したようである。その裏には、どうせ若主人夫人の道楽と踏んでいるところもあるようだ。

哲生は最初から口をはさめる立場でもなく、全くその気もない。「マロニエ館」の元オーナーがいろいろめんどうをみてくれるが、彼の好みはやたらと古めかしく、料理以外のことで、朝子はあれこれ相談するつもりはまるでなかった。今や朝子は、孤独と権力と自由を同時に手にしているのだ。

銀行の人間に会う前は、自分で金融関係の本を買い、利子のことなど調べた。その他、飲食関係の店を出すにあたっては、細かい規則や届け出なければいけない項目が山のようにあり、これからも勉強しなくてはならないだろう。

従業員はどうなるのか。気のきいた若い女性を三、四人欲しいところだが、それは非常に難しい。「香泉堂」でさえ人手不足で、最近は店に出る者はパートの主婦が多いのだ。誰の手も借りずに、店を出そうとすることがこれほど大変だとは考えてもみなかった。

実家の母などは、哲生よりも姑《しゅうとめ》のことを気にしている。

「ちゃんと納得してくれたのか、許されても出過ぎた真似をしないように」

くどくどと電話で言ってくるが、朝子はそれはもう気にしないと決めていた。その姑には明日帰ると言ってある。時間がない。もう一度上京して、その時建築家を決めようとしたら、いたずらに時間は過ぎていくばかりだ。

ベッドの傍らにある電話の受話器を勢いよくとり上げた。いつもよりひとさし指に力を込めて番号を押しながら、朝子はふと奇妙な感覚を持った。

バスローブを軽く着ただけだから裸同然である。乳房の間に湯の雫《しずく》を幾つかためながら、見知らぬ男に電話をしようとしていた。しかもその男は、朝子が数ある中から選び出したのだ。

女が男娼を呼び出そうと電話をかけている光景は、案外これに違いものがあるかもしれない。朝子は自分の連想の奇抜さに、ひとり顔を赤らめた。

そして、若い女の声が聞こえた。

「はい、こちらは大和田空間研究所でございます」

「あのう、大和田先生をお願いいたします」

〝先生〟という呼称がとっさに出たのは、受付の女がいて、その声が非常にもの慣れているせいだ。

「失礼ですが、どちら様でいらっしゃいますか」

「わたし香山朝子と申しますが、雑誌で先生の作品を拝見し、今度つくります店の設計をお願い出来たらと思いまして……」

「ちょっとお待ちください」

それからかなり長いこと待たされた。受話器からはずっと単調なオルゴールのメロディーが聞こえてくる。古いポピュラーソングだ。市場に行ったらたくさんの野菜が並んでいた。恋人にどんなに愛していたか伝えてほしい。多分そんな風な内容だったはずだ。

「お待たせしました、大和田です」

男の声は四十三歳とは思えぬほど若々しかった。そのことにも朝子は少し怯《おび》えてしまうが、ことさらにてきぱきと喋《しゃべ》るよう努力する。

「お忙しいところ恐れ入ります。わたし香山朝子と申します」

そう言いかけて朝子は、自分の名前などこの場合何の力も持っていないことに気づいた。

「M市で香泉堂という菓子屋をやっております者なんですが」

「ああ、香泉堂さんね」

男の声は心なしか愛想よくなった。

「向こうに行った人から時々土産にもらいます。何て言ったかな、梅の味がする最中《もなか》はすごくおいしい」

「恐れ入ります」

ひょっとして名前を知っているかもしれないという、朝子の賭《かけ》はあたったことになる。

「私どもで今度、新しい店をつくることになりまして、出来ましたら先生にちょっといろいろご相談したいと思いまして」

次第に商家のおかみらしい口調になる自分に朝子は気づいた。

「いいですよ。出来たら来週にでも事務所にいらしていただけますか。そしていろいろお話ししましょう」

「あの、それが、ちょっと」

後は夢中だった。

「あの、私、明日は帰らなくてはならないんです。勝手なことを申し上げてるのはわかっているんですが、何とか今日中に会っていただけないでしょうか」

「そりゃ、困りますよ」

大和田の声はあまりにも若々しいので、怒っているというよりも、拗《す》ねているように聞こえる。

「僕はこれから、ちょっと出かけなくちゃならないんです」

「そこを何とかならないでしょうか。私は夜でも、いくら遅くてもお待ちしますので」

「ちょっと待ってください」

再びオルゴールが聞こえた。朝子がこの詞をほとんど諳《そら》んじていると確認した頃、電話に直って先ほどの女が出た。

「それでは六時半にいらしていただけますか。場所を説明しますと……」

地下鉄の麴町《こうじまち》駅で降り、それからしばらくJRの駅の方へ歩いてと、話の途中で事務所の場所はすぐにわかった。四谷の「KOHSENDO」とは、そう遠くなさそうだ。あのあたりだったらそう迷わずに行ける。

「それでは六時半に伺います」

電話を切った後、朝子は自分が妙に浮き立った気分でいることに気づいた。もちろん強い緊張はずっと続いているが、それはそう嫌な感触のものではない。

建築家などという職業の男と会うなどというのは、朝子にとって初めての経験なのだ。

時計を見た。三時四十五分になろうとしているところだ。ホテルの内線電話を調べて、美容室にかけた。

「ブロウだけでいいんだけれど、今すぐやっていただけるかしら」

「今なら空いておりますので、すぐお越しください」

アーケードの中を歩きながら、朝子はウインドーに目をやった。このホテルは贅沢《ぜいたく》な輸入もののブティックがいくつか入っている。イタリアのデザイナーの店の前で、足が止まった。深い緑色のスーツだ。やや派手な色だったが、上等のシルク地で出来ているので品がよい。

ためらわずに中に入り、胸にあててみた。

「とてもよくお似合いですわ。どうぞゆっくり試着なさってください」

そうね、と言いながら値段を見る。予想していたよりもはるかに高かったが、朝子はもう声に出して決めた。

「美容室の帰りにゆっくり見るから、別にとっておいて」

髪を美しくセットしてもらい、その緑色のスーツに着替えても時間はまだたっぷりとあった。

タクシーで四ッ谷《よつや》駅の近くで降ろしてもらい、上智《じょうち》大学の土手のあたりを少し歩く。トレーニングウエア姿の学生たちが、サッカーをしている。おそらくクラブではなく、普通の学生が授業の一環として行っているのだろう。ボールを蹴《け》る動作がおぼつかない。

それをぼんやりと眺めながら、朝子は昔、こんなふうに土手に立っていたことを思い出した。朝子は赤いランチコートを着ていた。男の方は茶色のダッフルコートだ。学生時代、二年以上も交際していた男だった。

卒業間際の男は、こんなことを言っていたはずだ。もうじき郷里の長崎に帰る。一緒に行ってくれないか。親元に帰り、平凡なサラリーマンになるけれど、きっと君を幸せにするつもりだよ。ううん、そんなことより今の僕は、朝子なしの人生なんて考えられないよ。

あの時自分が何と答えたか、はっきりとは憶《おぼ》えていない。男の心を傷つけずに、どうやって断わろうかと、しどろもどろになったことだけは思い出せる。

男のことは確かに好きだった。初めての相手だったし、一時は夢中になったこともある。けれども自分が遠い街へ行って、ただの給料取りの妻になるというのは、全く別の次元だ。医者のひとり娘として、田舎の街でさまざまな特権を受けて育ってきた。いつもまわりの人間たちに憧《あこが》れられ、注目されてきたのだ。

そしていつのまにか自分も、選ばれた男と結ばれるのだと信じて疑わなかった。少なくとも経済的に不自由はさせない男が、自分に似つかわしいと思い込んでいたのは確かに傲慢《ごうまん》だったが、あの頃はそれを傲慢だと思わないほど自然なことだった。

そう、朝子はこんなふうに言ったはずだ。

「私はひとり娘だから、あの湖のある街に帰らなきゃいけないわ。知らない九州なんかで暮らせない」

そして手に入れたのが、哲生というわけだったのか。朝子は薄く笑った。

こう思い直すことにしよう。夫が資産家だというのは誰にも否定出来ないはずだ。商売も順調だし、それよりも代々蓄えられた土地はこの何年かで大きな価値を生み出している。

女房に自由勝手に店を出させてくれる夫というのが、そういるはずもない。自分はたっぷりの小遣いがあり、こうして高価な額のスーツをまとい、そして銀行が約束してくれた何千万という金を手にすることになる。

これは幸せと呼べないだろうか。その答えは出ないまま、朝子は麴町に向かって歩き始める。このあたりの様子は大層変わったが、大和田の事務所は、すぐに見つけることが出来た。

小さいがまだ新しいビルだ。このあたりに見られる白いビルで、朝子は建築家というのは案外平凡なところを選ぶものだとおもしろく思った。

一基しかないエレベーターで五階へ上がる。エレベーターが開くと、白い壁にライトがあたり「大和田空間研究所」というプレートがまず目に飛び込んできた。

その傍らに受付ともつかないようなかたちで女が座っている。受付ならば、机の上には何も置かれていないはずだが、女のそこにはたくさんの書類や雑誌がうず高く積まれていた。

どうやら雑用も兼ねているらしく、女の動作はやけにせわし気だ。

「香山さまですね、大和田はちょっと出かけておりますが、さきほど車の中から電話がありまして、もうそこに帰ってきているようです。恐れ入りますが、少々お待ちいただけますか」

丁寧だが早口で、朝子は今日電話で喋った女だとすぐにわかった。

女の机の後ろには低い仕切りの壁があり、何人かの男たちのざわめきが聞こえた。どうやら十人以上の人間がいるらしい。

ワンフロアを壁をつくらず、その代わり屏風《びょうぶ》のようにいくつもの仕切り壁を使っているのを朝子はおもしろく眺めた。

隅に大きなテーブルが置かれていて、朝子はそこに坐《すわ》らされる。ガラスケースに入ったり、入らなかったりするたくさんの模型が飾ってあった。どれも大和田が設計したものらしい。

巨大なビルというものはなかったが、五階建て程度の建物は三つほどある。同じようなテラスが並んでいるので、どうやらマンションらしいと朝子は見当をつける。

その時、エレベーターの開く音がし、背の高い男が大股《おおまた》で歩いてきた。彼が大和田だとすぐにわかった。雑誌に出ていた写真よりも、頬のあたりがふっくらしている。肥満というほどではなかったが、たっぷりと肉と力が全体にゆきわたっているという感じだ。

「香山でございます。このたびはご無理なことを申し上げまして……」

頭を下げる朝子を手で制して、大和田は座るようにと促す。そして女に向かって大声を上げた。

「ミキちゃん、お茶じゃなくて冷たいもん。急いで車を運転してきたら、喉《のど》が渇いちゃった」

目の前の男はつるりとおしぼりで顔を拭《ふ》く。動作も声もからだも、どこか無邪気な男の子めいたところがあった。

「あの、香泉堂さんといえば、すぐそこの四谷にお店を出してるでしょう」

「はい、私どもの店ですわ」

「あれ、僕の友だちがやったんだけどね……」

大和田はそこで悪戯っぽく笑った。

三

「KOHSENDO」は八分の入りといったところだった。和食ということになっているが、盛り付けを工夫したり、洋食の手法を取り入れたりとシェフはいろいろ頭をめぐらしている。それが結構人気を集めているようだ。

朝子と大和田の目の前には、栗を使った前菜が置かれているが、これは生クリームの味がする。キャビアの粒が飾られているのもおもしろかった。

「この店は前に一度来たことがありますよ」

大和田は栗をフォークで口に入れた。

「お友だちが設計なさったからでしょう」

「そう、知り合いが建てたものは気になりますし、一応見に行くのがエチケットというものですからね」

「西川《にしかわ》先生とは昔からのお友だちですか」

「大学で、彼の方がひとつ下なんですよ」

「よくお会いになるの」

「いや、彼も僕も忙しくてめったには会えませんよ。たまに飲むところで、よおなんて声をかけ合うのと、あとは正月に恩師のところで顔を合わせるくらいかな」

朝子は何回か会ったことがある西川の顔を思い出した。前歯が二本大きく出ているので、水に棲《す》む小動物を思わせた。その容貌《ようぼう》といい、あまりにも愛想がよすぎるのといい、朝子はどうも受けつけることができない。

新しい店の設計も西川に頼んだらと哲生は言うのであるが、朝子はそれを拒否し続けている。しかし大和田と西川とが知り合いならば、やはりそれを告げた方がいいだろうか。

朝子はそれとなく言葉にしてみた。

「あのう、主人は西川先生にお願いしてみたらなんてことを最初に申していたんですが、私はちょっと違うような気がして依頼しなかったんですよ」

「そうですか」

大和田はあたりを見わたす。その視線の先に朝子の大嫌いなシャンデリアがあった。レトロ調にしたいということで、復元したシャンデリアをもってきたのであるが、それはいかにも安っぽい。

「でもなかなかいいじゃないですか。あのね、西川は曲線をだすのがうまいんですよ。ほら、窓のあたりのアーチもよく出来ている」

大和田の口調に、軽いからかいが含まれているのに朝子はすぐに気づいた。

「でも私、大嫌い」

言ってしまってハッとする。他の男の悪口は、この場合目の前にいる男への媚《こ》びというものだ。

「嫌いねえ……」

大和田はゆるやかに微笑した。そうすると唇の横にとても皮肉そうな皺《しわ》が生じる。けれどもそれは決して見苦しくはない。夫にはないけれど、大和田のような年齢にはふさわしいものだ。

「いいじゃないですか、この店。どうしてそんなに嫌いなのかなあ」

彼が全くそう思っていないことはあきらかだった。

「私、こういう店だけは嫌だと思って、先生をお連れしたんです」

「随分、西川も嫌われてるもんだなあ」

大和田があまりにもおかし気に言うので、朝子はずっと気分が楽になった。

「本当です。私、こういうふうな中途半端な感じ、とっても落ち着かないんです。障子があるかと思うとシャンデリアもある。それに私、コンクリートの壁というの、とっても冷たい感じがします。体温をすうっと吸われていくみたいな気がするんです」

「そういう話はもっと聞かせてくださいよ」

自分がからかわれているのかと思ったが、大和田の目は落ち着きを取り戻していた。

「僕とあなたはもっともっと話さなきゃなりませんよ。僕はまず、あなたがどういう人で本当に僕に仕事を頼もうとしているのかさえ知らないんですからね」

朝子は急に不安になる。

「あのう、私みたいなやり方、やっぱりいけないんでしょうか。雑誌を見ていきなり電話をかけてくるなんて。ちゃんと人を介して、会わなきゃいけなかったんでしょうか」

「いや、そんなことはありませんよ」

大和田は首を横に振る。芝居じみていると感じたほど、ゆっくりとだ。

「僕のところにも、本を見たからといって電話をかけてくる人は結構いますよ。建築をやるものとして、そういうふうに自分のものを認めてくれているというのは嬉《うれ》しいものですよ。ただ、僕が知りたいのは、あなたにどのくらい権限があるのかっていうことなんです」

「権限？」

「さっきから話を聞いていると、あなたはひとりで、どんどんことを進めているようだけれども、ご主人は大丈夫なんでしょうか。失礼だけれども、あなた一人にすべてを任されているのか、それをちゃんとお聞きしたいんです」

「私は……」

最初の声がうまく出なかった。どう話を組み立てていこうかと朝子は迷う。考えてみれば確かにおかしな話なのだ。まだ若い部類に入る人妻が、突然建築家のところへ行って店をつくりたいと申し出る。住宅ではない、企業としての店舗なのだ。その本人は、名刺さえ持っていず、しかも言葉の端々に夫をちらつかせたりする。大和田が不安になるのも無理はなかった。

「私は前から店をやるのが夢で、今度やっとそれがかなうんです。主人も好きなようにやったらいいと応援してくれております。幸いなことに、東京のこの店がまあ成功しましたので、会社の方もレストランをやることにはそう反対していません。先生は主婦のお道楽と思ってらっしゃるかもしれませんが、私なりに真剣で、いい店をつくりたいと思っているんです。何とかよろしくお願いいたします」

「なるほど、僕もそれを聞いて安心しました。それじゃ具体的なことをお話ししたいんですが、これから打ち合わせのために、こちらにいらしていただくことは可能なわけですね」

「はい、次からは新幹線の回数券を買うつもりです」

まじめに言ったつもりだったが、大和田はくすりと笑った。さっきの皮肉そうな皺は消えている。

「もちろん僕もそちらへ伺います。さっそくですけれど、あなたの街や店の建つあたりも見させてもらいます」

「私の住む街は湖があって――」

自分は何を言い出すのだろうかと朝子は驚く。これではまるで少女の独白というものではないか。

「その湖を中心に街が動いているみたいなところがあります。少なくとも、私みたいにあの街で生まれ育ったものはそうだわ。湖の色を見て季節の変わり目を知って、それから明日の天気はどうかなあって考えます。城下町ですので、街の住民はちょっと保守的かもしれませんが、おっとりしていて優しい気質の人が多いんです……」

その時、マネージャーが向こうから近づいてくるのが見えた。彼の顔は困惑のあまり、少し赤らんでいる。いったい何が起こったんだろうと朝子は思う。時計を見た。もう閉店に近い時間だ。

マネージャーの後から一人の女が歩いてきた。朝子の居る街では見たことがないほど短い髪をしている。生まれつきの巻き毛を短く刈っているのだろう。やわらかい髪の波が全体をおおっているので、奇異な印象はない。朝子はふと、母親が着ていたアストラカンのコートを思い出した。

が、女の顔は子羊の印象とはまるで違っている。整った小さな顔に、真っ赤な口紅をひいていた。目や鼻や口が、ちんまりとしているので、その口紅はなおさら目立った。

しかしオーダーストップはとうに過ぎているのに、女はどうしてこれほど堂々と店をつっ切ってくるのだろう。マネージャーが真っ赤になりながらも、断われないのはよほどの常連なのだろう。

女の声が聞こえた。

「待ち合わせをしたのよ、だから何もいらないわ。なんかオードブルぐらいでいい」

マネージャーはちらちらと何度も朝子の方を見る。オーナー夫人に気を遣っているのだ。朝子は「気にしなくてもいいわ」という言葉の代わりに、軽く右手を上げた。

マネージャーは無礼にもすうっと朝子から視線をはずし、柱のいちばん陰に彼女を連れていった。

「やあ、伊達由香里《だてゆかり》だ」

大和田が言った。

「いま結構売れている空間プロデューサーなんですよ」

四

朝子はすべてのことを理解した。閉店間際だというのに、どうして女は悪びれることなく入ってきたのか。マネージャーの彼女への気の遣いよう、朝子を見た時の、彼の困惑といったらなかった。

おそらく女は、哲生と待ち合わせをしたのだ。マネージャーは夫の愛人に「奥さまがいます」と言うことも出来ず、朝子にも反対のことを告げられない。まごまごしているうちに、女はどんどん奥に入ってきてしまったのだろう。

彼の狼狽《ろうばい》ぶりを思い出すと、朝子は何やらおかしくなる。くすりと唇をゆるめた。

「何がおかしいんですか」

大和田は首をかしげた。

「いいえ、何でもありません。ちょっと思い出したことがあったもんですから」

「そうですか……。そうだ、伊達由香里を紹介しようとしてたんですよね。最近いい仕事をしていますよ。女の中ではちょっとしたもんです。ああいう人と知り合っといた方が、いいかもしれない。ちょっと話してみますか、いま彼女はひとりだし」

「いいえ、結構です」

強く拒否したら、次の言葉がすらすらと出てきた。

「ねえ、先生。女の空間プロデューサーっていうのは多いんですか」

「そうだなあ、自称するのはいっぱいいるけれど、責任を持たされ、注文どおり店をプロデュース出来るのは、そう何人もいないでしょう」

「そうですか、じゃ、間違いないわ。あの人が夫の愛人なんだわ。空間プロデューサーをしているって言ったから」

しばらく沈黙があった。そしてその沈黙は朝子が心のどこかで期待していたものだ。大和田が自分から目をそらしたのを見るのは不思議な喜びだった。

「ここを出ましょう」

突然、大和田が言った。

「えっ、でももうすぐ鴨の料理が来ますよ」

「あのね、鴨と嫌な思いをするのと、どっちを選ぶんですか。少なくとも、僕は夫婦のそういうものに巻き込まれるのはご免だな」

多分、いま自分は不貞腐《ふてくさ》れた微笑をうかべていただろうと朝子は我に還《かえ》った。はじかれたように二人が立ち上がったので、隣の席でコーヒーを飲んでいた二人連れが、驚いてこちらを見た。

「もう後はいらないわ。悪いけれどすぐ出るから」

飛び出してきたマネージャーに告げる。これは逃げることになるのだろうか。それでもいいと朝子は思った。

四ツ谷の駅に行かなくても、タクシーはすぐにつかまえることが出来た。

「申しわけないけれど、僕を渋谷《しぶや》の駅で降ろしてくれますか。高輪のホテルに帰るのにちょっと遠まわりになるかもしれませんけれど」

大和田の口調にはやはりいらだたしさがあって、それは朝子に軽い恐怖さえあたえる。もしかすると彼は嫌気がさして、店の設計を断わるかもしれない。

「すいません」

朝子は軽く頭を下げた。そうすると車の闇の中で、大和田の整髪料がかすかににおった。

「今日初めてお会いしたというのに、みっともないところをお見せしました。さぞかしびっくりされたでしょう」

その後の大和田の言葉は意外だった。

「香山さん、建築家っていうのは、すごい確率でそのうちの奥さんと浮気をするって知っていましたか」

朝子はまじまじと男の横顔を見る。例の皮肉っぽい皺《しわ》を、また見ることが出来た。

「建築家っていうのは家を建てる時に、その家の奥さんから、たくさんのことを聞いていきます。かなり立ち入ったことまでね。例えば夫婦生活が多いか少ないかっていうことで、寝室の位置や洗面所を作るか作らないかまで変わってきてしまう。だからたくさんの秘密を知ってしまいますよ。奥さんたちは、秘密を打ち明けるとすっかりガードが失くなってしまう。すると建築家と出来てしまうケースが多くなるんですよ」

こういう時、実際に設計を依頼している女は、どういう顔をして聞いていればいいのだろうか。朝子は視線をじっと膝《ひざ》のあたりに落とすことにした。

「僕の友人で豪の者がいましてね。自分がこさえた家の、ほとんどの奥さんと関係を持ったというんです。新しく恋人になった奥さんを連れて、ついこのあいだ自分が建てたばかりの自慢の家を見せに行く。参考にするためにね。するとそこの家の奥さんは、かつての彼の恋人ですからすごい目で新しい方を睨《にら》みつける。まあ、彼は特殊な建築家ですけれどもね、そのくらい僕たちとクライアントとは、密接な関係にあるっていうことです。ですから僕にいろんなことを話してくださるのは、少しも恥じゃないんです。わかりますね」

朝子は頷《うなず》く。

「今夜みたいに現場を見せられるのは困りますが、それ以外のことは何でも話してください。別に僕が香山さんと、そういう関係を持とうと思っているわけではありませんが」

大和田は低く声をたてて笑い、朝子は赤くなった。

「運転手さん、渋谷は曲がらずに歩道橋の下でいいです」

それではご馳走《ちそう》さまと言って大和田が降りた時、朝子は自分たちが夕食を食べ損ねたことに気づいた。しかし彼はすばやく背を向けたので、別れ以上のことは何も言えなかった。

たそがれ

一

大和田から電話があったのは、その日の夜であった。

「さっそくお伺いしますが、よろしくお願いします」

「はい、お待ちしていました。今年は紅葉がとっても早いんです。いらっしゃる前に散ってしまったらどうしようかと、ずっとドキドキしていたんですよ」

朝子は自分の声があまりにもはしゃいでいるような気がして、とっさに事務的に言い繕った。

「それで何時の新幹線ですか、駅までお迎えに行きますわ」

「そうですか、私鉄に乗り替えるのはちょっとやっかいかなと思っていたんで、そうしてくださると助かります。二時五十八分着です。それから僕以外に、所員が一人伺いますのでよろしく」

「はい。それで、その……」

朝子は動揺した。今の今まで大和田はひとりで来るものと思っていたからだ。大和田はそのうわずった声を、全く別の風に解釈したらしい。

「ご心配なく、僕は用意していただいた旅館に泊まりますが、彼は近くのビジネスホテルを予約していますので」

「でも一緒の方がよろしいんじゃ……」

「いや、うちではいつもそうしていますのでご心配なく」

今度の旅行の交通費、宿泊代は朝子側の全額負担となっている。大和田はそれを多少気にしているのかもしれなかった。

それではお待ちしていますと受話器を置いてリビングルームに戻る。パジャマの上にセーターを羽織った哲生は、ニュース番組を見ているところだった。ブランデーグラスを手にしている。体にはこちらの方がいいと誰かに言われて、ウイスキーから切り替えたのは最近のことだ。

誰から電話だったと哲生は聞かない。中東情勢について喋《しゃべ》り続ける白髪のキャスターに見入ったままだ。

「あなたも会ってご挨拶《あいさつ》してくださいね」

「誰にだよ」

「建築家の大和田先生、来週の火曜日にいらっしゃるんですよ」

「ああ、あの建築家、大和田っていう名前だったっけ」

「何度も話してるわ。一度あなたからきちんと挨拶して」

「オレには関係ないよ。すべて君ひとりでやってることなんだから」

そう言ってソファにもたれた哲生は、ふと朝子を見つめた。口元はかすかな笑いが漂っている。それは朝子が初めて目にするような卑しさだった。

「その建築家と『KOHSENDO』へ行っただろう」

「ええ、行ったわ、かなり前だけれど。あなた、よく知ってるわね」

居直るというのはこういうことを言うのだろうかと、朝子は夫を睨《にら》み返す。

「どうして知ってるのかしら、私と大和田先生があそこで食事をしたって」

夫の愛人とうっかり擦れ違ったのだが、彼女がそのことを伝えたのだろう。

「マネージャーだよ、マネージャーが教えてくれたんだ」

哲生は奇妙な笑いをうかべたままだ。

「オレはさ、てっきり君が不倫でもしてるのか、お、やるじゃないかと思ったけれど、そうかあ、建築家と打ち合わせしていたっていうわけか」

実際に不倫をしている夫の口から聞くこれらの言葉は、全く冗談になっていなかった。哲生の気持ちはわかっている。生来の気の弱さが、こういう時に意地の悪さになるのだ。けれどそれをうまくかわす余裕は、今の朝子にはない。

「私はあなたとは違うわ」

そっけなく言った。

「自分がそうだからって、人もそうだって考えるのはやめてちょうだい」

自分の言葉に心がどんどんささくれだっていくのがわかる。それはさっきの電話から始まっていると気づいているから、なおさら朝子は苛立《いらだ》って悲しい。

建築家が助手を連れてくるからといって、それが何なのだろう。ごくあたり前の話ではないか。二人きりで晩秋の湖を見るのだと、心秘《ひそ》かに思っていた自分は、なんと愚か者なのだろうか。

恥ずかしい、恥ずかしい、死んでしまいたい……。

そんな思いが、血がどんどん流れるようにからだ中をめぐっている。自分は人妻ではないか。なんというつまらぬ期待を持ったのだろうか。そしてそれを恥じている自分は同時に、いま目の前の夫から、辱めを受けている。

「ああ、もう、いや」

カーペットの上に膝《ひざ》から崩れ落ちた。こういう時は涙も出ない。

「あなた、私をどこまで馬鹿にすれば気がすむの。こんなの、考えられない。他に女をつくって堂々としている夫なんて、私には信じられない」

「おい、おい、待てよ」

哲生は妻の狂乱ぶりに、あきらかに驚愕《きょうがく》していた。普段の朝子からは考えられないような表情なのだ。

「お袋に聞こえるじゃないか」

ドアの向こうをしきりに指さす。朝子に冷静さをとり戻させるために、とっさに思いついた理由は、何の効き目もなかった。

「聞いてもらった方がいいんだわ。お姑《かあ》さまはご存じのはずよ。自分の息子が女をつくってしょっちゅう東京へ行ってること。どう思ってるのか、聞きたいわ。私、ちゃんと聞きたいわよッ」

頰に突然熱いものが飛んだ。哲生がおおいかぶさるようにして、もう一度朝子の頰をぶった。

「オレはヒステリーの女は嫌いだ」

夫の目が憎しみで燃えている。

「ヒイーヒイーわめき出して、お前、どうかしてんじゃないか、オレはもう寝るぞ」

哲生はひどく乱暴にドアを開け、その後寝入っている母親に遠慮してか、ゆっくりと静かに閉めた。その後ろ姿を見ながら頰を押さえた。そう痛みはないが、口惜しさで気が遠くなりそうだった。哲生にぶたれたのはこれが初めてではない。新婚の頃、二、三回あったような気がするが、あの時はこれほどの苦痛をもたらさなかったはずだ。

許せない、と思う心は、今夜、夫と同じ寝室で休むことは出来ないという思いにまっすぐつながっていく。受話器に飛びつくようにして、実家の電話番号を押していた。

「もし、もし、お母さん……」

うまく取り繕うという気持ちは全くない。

「今夜そっちに行くから、ちょっと泊めて。何もいらないわ、夕御飯も済ませてるからお願いね」

「何なのよ、夫婦喧嘩《げんか》なの」

受話器の向こう側で、眉《まゆ》をひそめる静子の顔が目にうかぶようだ。

「あなたたち、もう夫婦喧嘩をするような年じゃないでしょう。いったい何を考えてるのかしら」

「そんなことじゃないのよ」

ここまで言ったら、初めて涙が出た。

「とにかく泊めて頂戴《ちょうだい》よ。お願いよ」

電話を切って、朝子はドアの向こうに目をやる。そこには寝室があり、夫が休んでいるはずだ。一日になるにせよ、三日になるにせよ、着替えを全く持たないで出ることは出来ない。けれども下着をはじめとする衣服は、寝室のクローゼットの中にある。いま寝室に入っていけば、夫の質問があり、またひと悶着《もんちゃく》起きるだろう。そうでなかったら不愉快な沈黙があるはずだ。いずれにしても、夫の見守る中、家を出る衣服をバッグに詰める趣味は朝子にはなかった。どうしようかと案じていると、水音が聞こえてきた。どうやら哲生がシャワーを使っているらしい。

もともと風呂《ふろ》好きの男だが、妻を殴った後で湯を浴びる神経はいったいどうなっているのだろうかと、朝子は怒りをとおり越して、軽い恐怖さえおぼえる。だがとにかく、今の朝子にとっては都合のいいことに違いない。

寝室のドアを開け中に入った。クローゼットのいちばん上から、小さなボストンバッグを取り出し、下着と普段着を詰める。

街の高級ブティック「バイオレット」で買ったばかりのワンピースは迷ったが置いておくことにする。このことが長びいても、また取りに来ればいいのだ。ワンピースを持っていくと、バッグや靴がかさばる。そんなことを考える自分を、朝子は少しも不思議とは思わない。


火曜日の朝、朝子が外出の仕度をしたので、母親の静子はほっとした様子だった。

「そう、どうせなら午前中に帰ればいいのよ。そして夕飯をつくって待つ。私もいつもこうしてたわよ」

「帰るんじゃないわよ。人を迎えに行くのよ」

朝子は母の鏡台を借りて、化粧を始めた。この四日間、ほとんど家を出ず、ぼんやり横たわっていたので肌の調子がとてもよい。指につけたファンデーションが頬に吸い込まれていくようだ。

「人を迎えに行くなんていって……。それどころじゃないでしょう。いったいどこへ連れていくのよ。まずあんたが家に帰るのが先決でしょう」

静子はくどくどと言い始めた。すべてが朝子の予想していたとおりの展開だった。

長い人生、夫婦でいれば、浮気のひとつやふたつはあるものよ。それをね、どう解決するかで夫婦の絆《きずな》が出てくるのよ。昨日も哲生さんから電話があったわ。こういう機を見計らって、さっと帰るのが賢い妻というものじゃないの。

母の繰り言は、奇妙な節があったと朝子は思い出す。やはり話すのではなかった。最初からわかっている答え、それも答える者に苦悩と不安をあたえるような事態は、もとより朝子の望むところではなかったはずだ。

父親は昔から身綺麗《みぎれい》なところがあり、好男子ともいわれていた。若い頃、住み込みの看護師といろんなことがあり、母さんも苦労したのよと静子に打ちあけられても、朝子は素直に共感できない。

確かに父親は浮気をしただろうが、それ以上に母親や家族に対して熱く温かいものを持っていた。幼い頃、まだ珍しがられた自家用車に朝子や弟を乗せ、よくドライブに連れていってくれたものだ。家族の写真を撮るのが大好きで、いつも大きなカメラを持ち歩いていた……。

「それは子煩悩だったからで、だから早く子どもをつくりなさいって言ってるじゃないの」

母親のいきつくところは、すべていつもどおり。朝子はそれ以上話す気分ではなくなっているのだ。

今日子《きょうこ》のところで買った青いシルクのワンピースは、朝子の肌色にとてもよく似合った。首すじが自分でもうっとりするほど白くにおいたつように見える。

「いいわねえー、それ」

静子も声をあげた。

「高かっただろう、それ」

「高いわよ。なにしろ『バイオレット』で買ったイタリア製だもの」

「あら、あら、あんなとこ、私だってめったに行けやしない。ねえ、そういう服を買えるっていうことがどういうことか考えてごらん、そうしたら哲生さんの有り難みもわかるっていうものよね」

返事をせずに母親のコロンをつけた。朝子のものより野暮ったい香りだが仕方ない。

二

その香水は、車の中でいっそう強くにおい立った。人の瓶からつけてきた香りは、借り着をしているよりも、はるかに落ち着かない。新幹線の駅までの道、朝子は何度も舌打ちをした。

自分の部屋以外のところで身繕いをすると、あちこちに不都合が目立つ。買ったばかりのワンピースや靴は、哲生の留守の時間に持ってきたものの、いざ着てみると似合うネイルがなかった。イヤリングも今ひとつ気に入らないものだ。

いつもの自分の鏡の前で、いつもの引き出しや小箱を使えたら、これほど不満は残らなかったに違いないと何度も思う。

ホームに上がる階段のところに鏡を見つけ、朝子は近寄っていった。ところどころ小さな不都合はあるような気がするが、何よりも肌の調子がいいために、全体的に若やいで見える。朝子が心配していた田舎くささはなく、すっきりとした印象だ。装身具が少ないのがかえってよかったかもしれないと、朝子はやっと安心して下りのホームに立った。まだ列車が到着するまで七分ある。首すじのあたりにひんやりとした風があたる。やはりコートを着てくればよかったかなとかすかに後悔しながら、朝子は線路のはるか先の、張りつめた晩秋の空気を見つめた。

当然のことだが何も見えない。朝子はふと、この後どうやって生きていこうかと思った。昔からそういうところがある。遠足の前の晩、嬉《うれ》しさのあまり眠れない。しばらくはしゃいでいると、全く唐突に別の考えがしのびよって来る。

遠足が終った後はどうするんだろう。

いまいちばん楽しみにしていることは終わってしまう。そうしたらどうするのだと、自分で自分に問いかけてしまうのだ。幼い日の朝子はそのことでかなり悩み、すると希望のように次の言葉が思い浮かんでくるのだ。

「遠足はこれから始まるんだもの。終わるのはそれから後のことだ。その時にゆっくり考えればいい」

そうすると遠足の楽しさは倍化するような気がしたものだ。

とりあえず大和田がやってくる。助手を連れて来るということは、最初は驚きでもあり不愉快であったが、今となってみると自然なことだ。大和田と共にゆっくりと二日間を過ごす。とりあえず楽しいことだけが起こる。

哲生とのことはその後でいいだろう。家に戻るのか、どう結着をつけるのか、考えなければいけないことはもはや堆積《たいせき》状となり、重さを持って朝子を苦しめている。けれど今、朝子は青い絹の服を着て、列車がやって来るのを待っていればいいのだ。

アナウンスが起こり、清潔な新幹線のホームの中に、しずしずと新型の新幹線が入ってきた。

朝子はふと「まっ新《さら》」という言葉を思い出した。それは初めて聞くような美しい響きだった。

グリーン車から大和田が若い男と一緒に降りて来た。大和田は革のジャケットを羽織り、小さなボストンバッグを手にしていた。しゃれた黒い布のそれは、彼が今夜この街に泊まることを何より表している。

「こちらはうちの所員で、根岸良一《ねぎしりょういち》と言います」

大和田は無造作に傍らの若い男を紹介する。朝子はにっこりと微笑んだ。根岸は二十代の後半といったところだろうか、流行のソフトスーツを上手に着崩していた。

「彼が直接の担当になると思いますが、しっかりした仕事をする男ですから安心して任せてください」

　大和田は朝子の顔を覗《のぞ》き込むようにして話す。それが彼の癖なのか、違うのか、よく分からないところに朝子の焦立《いらだ》ちはあった。

　ごく当然のように大和田は朝子の隣の助手席に座った。ベンツは青いワンピースと同じように家から持って来たものだ。ベンツが持ち出せなかったら、実家の父親が使うクラウンになるところだった。

「このあたりは寺が多いところですね」

　後ろの席の根岸が言った。

「普通の家にしちゃ大きいなぁ、なんて思って通り過ぎると門があって寺だ」

「街に近づくともっと多くなると思いますよ。このあたりは浄土宗《じょうどしゅう》の盛んなところだったから、今でもお祭りが盛んなんです。ご神事の時にいらっしゃってくだされば、おもしろいお神楽《かぐら》や能も見られると思うけれど」

　根岸はその途中で、あ、湖が見えると無邪気な声をあげた。

「もうちょっと西に走らせると、ススキの原があって、そこから見える湖はとっても綺《き》麗《れい》なんですよ。冬が近づいているから、皺《しわ》も寄ってくるし……」

「皺が寄る……？」

　聞き返したのは大和田だった。

「ええ、ちりめん皺とでもいうんでしょうか、水面《みなも》に細かい線がいっぱい出来るんですね。それが灰色の空ととっても合うから不思議なんですよ」

「根岸君、僕たちの施主はとてもロマンチストだっていうことをちゃんと忘れずにメモしとくように」

根岸は笑い、朝子は赤くなった。

車はM市の駅前にさしかかろうとしていた。

「あそこが私どもの本店になりますが、お寄りになりますか」

「いや、それは後にして、まずは現場を見せていただきましょう」

店先にいた店員が、朝子の白いベンツを見て軽く会釈をする。いつもの見慣れた光景を東京から来た二人に見せたいと思った。そして東京からの男たちを、哲生が見かけたらそれはそれで胸のすくことだと思ったが、夫はいないようだ。車がいつもの場所に止まっていない。もしかしたら、また東京に出かけたのだろうかと、朝子は息苦しくなる。

三

車が水上町の店の前に停まると、根岸すばやく外に出て、写真を撮り始めた。最新の一眼レフで、すばやく店の全景、階段のあたりを写す。

「随分たくさん、写真をお撮りになるんですね」

「そうですね、まあ、家を建てるまず第一歩が、写真を撮りまくることといっても過言じゃないと思います。会社に帰って、ディスカッションする時も、写真が必要になってきますからね……あれ、こんなところにお地蔵さまがある」

大和田は立ち止まった。駐車場の片隅にあるそれは、目をこらさなければわからないほど小さなものだ。

「これは道祖神ですわ。昔からこの場所にあったらしくて、ビルを建てる時にどうしようかと悩んだんですけれど、結局、駐車場を少しずらしてこのままにしたんです」

「ふうーん、なるほどねえ。おい、根岸君、このお地蔵さんも撮っておいてくれよ」

こうしている間に、店長が出て来て朝子に挨拶《あいさつ》した。

「建築家の先生方がいらしたのよ。二階《うえ》、ちゃんとしといてくれたでしょうね」

「まあ、見苦しくないぐらいでしょうか。なにぶん、荷物がまだ残っているもんですから」

店長は朝子から視線をすうっとはずそうとした。倉庫となっている二階を、改造してレストランにするという計画に、彼は頑強に反対したと聞いた。新興地のちっぽけな店を任されてから、売り上げを確実に伸ばしてきた彼は、主人側の勝手な思いつきと腹を立てているに違いなかった。

朝子はあまりそういうことを深く考えまいと、先に立って歩き始めた。二階へ続く階段は駐車場のすぐ前から通じている。

「亡くなった主人の父が、このビルを建てる時、将来テナントに使えるようにって外階段にしたんです」

「なるほど、これを倉庫にしとくのはもったいないなあ」

上がったとたん、人気のない場所独特の、底冷えのような寒さが襲った。おお寒いとドアを開ける。

簡単に片づけておいてくれと頼んだのだが、何の形跡もない。段ボールの箱や、売り出しの時の花輪やモールが、乱雑に積まれていた。

「嫌だわ、こんなに散らかっていて恥ずかしいわ」

大和田はそれには何も言わず、つかつかと表の方に寄って行った。

「ここからは湖がまるっきり見えないんですね」

「かなり離れてしまいましたもの、湖の見えるあたりはもう土地が高くなって。このあたりは、世帯を持ったばかりのサラリーマンが多いんです。湖が見えるか、どうかということには構っていられないってところかしら」

「そうですか、残念だなあ」

大和田は窓から離れた。彼の肩のあたりを、やや色を落とした低いビルがいくつか飾っていた。

「水が見えるか、どうかっていうことはとても重要なことですからね。東京でウオーターフロントっていうのが昔、流行《はや》った。あの頃の東京っ子にとって、水を見ながら食事をしたり、酒を飲んだりするのはとても新鮮な体験だったんですよ。僕はまた、ここから湖が見えるものとばっかり思っていた……」

それはしんから残念そうな声だったので、朝子はなにやら自分が悪いことをしたような気分になってきた。

「申しわけありません。前に申し上げるべきでしたね。この支店からは湖が見えないって」

「いえ、いいんです。僕は香山さんというと、いつも湖のイメージがつながってしまう。だから店は湖の畔《ほとり》に建っているものと、いつのまにか思い込んでしまったんですね。根岸君、この窓からの風景も何枚かね……」

はい、わかりましたと根岸は軽やかにそこらを歩きまわる。それは街に出てからも続いた。

あたりの店を撮り、駅に行くまでの道を撮り、そして歩く人々さえ撮る。

「今度は少し湖の見えるあたりをお願いします」

「わかりました。もうじき夕陽のとても綺麗な時になるんですよ」

少し時間がかかるが、糸江ばあさんの店まで連れていくことにした。

「知人のドライブインなんですが、そこから見る湖がいちばんいいと思うんです」

はしゃいだ声を出した後で、自分はやはりこの男に媚《こ》びていると朝子は思った。

「香山さんというと、いつも湖のイメージがつながってしまう」

大和田はどうしてこれほどの言葉を、たやすく無造作に口にするのだろう。それがどれほどの重さを持って、相手の心に浸《し》み入るか考えたことがあるのだろうか。

ハンドルを握る手が少しほてっている。夫以外の男がこうして助手席に座り、朝子と同じ方向を見つめている。ただそれだけのことが、どうしてこれほど息苦しい思いをもたらすのだろうか。

糸江ばあさんの店の駐車場は予想どおりひっそりとしていた。車を停めて、三人は湖を眺める。陽が落ちる寸前の湖面は、ごくやわらかい色の茶に変わっていた。その上を、横に軽く金粉が散らばっている。薄い部分もあるし、濃くべったりとはかれた部分もある。もうじき濃い部分は黄金に変わり、落日がやってくる。あたりは橙色《だいだいいろ》になるはずだ。

朝子のいちばん好きな湖の時間だ。

日が沈み始める時、街はつかの間の静寂がある。車の喧騒《けんそう》があろうと、テレビから音楽が流れてこようと、人々は頭《こうべ》を垂れるような動作をする。それは本当だった。

「よろしかったら旅館の方にいらして、ひと休みなさいませんか。私の友人がやってくるところで料理はなかなかのものです。それだけが目的で来る人もいるぐらいですから」

根岸は近くのビジネスホテルを予約したということだが、彼の部屋もとっておいた。

「わがままはいくらでもきくところですから、食事を召しあがってホテルの方がいいとお思いでしたら、そちらの方へ移ってもいいし……」

気を遣わせてすいませんと、根岸は頭を下げた。

「この夕暮れを見ていたら、やっぱり朝起きたら湖が見えるところがいいなあ、って考えてたんですよね」

「ええ、ええ、そこの旅館は景色が売り物のところなんです。ぜひそうなさってください」

食事を七時から始めるということで約束をし、朝子はいったん家に帰った。青い絹の服を脱ぎ、ニットのワンピースでも着ようかと扉に手を伸ばしたとたん、ふと考えが変わって衣裳簞笥《いしようだんす》の方を開けた、ここには何枚かの着物がしまわれている。

結婚した際、母の静子は夥《おびただ》しい数の着物をつくってくれたのだが、それは香山の家におさまりきれず、先々着そうなものはこうして実家に置いてあったのだ。臙脂《えんじ》の小紋は中年になってから着るようにと母が整えてくれたものだが、こうして袖《そで》をとおしてみると決して老けて見えることはない。それどころか巴《ともえ》を崩した抽象柄がなんとも斬新《ざんしん》で、明るめの帯と組み合わせると、粋《いき》な雰囲気をかもし出してくれる。

「おや、おや、着物なんか着て、何かあるの」

後ろにまわり、帯の具合を見てくれていた母は、帯をぽんと軽く叩《たた》いた。

「随分おしゃれをして出かけるんだね」

「大切なお客さまをご接待するんだから」

鏡で斜めから映してみる。急いで髪をまとめたわりには、衿足《えりあし》も綺麗《きれい》に整っていた。

「ご接待なんて、そんなことは哲生さんにまかせておけばいいのよ。女がそんなことをして、いいことなんか何もないんだから。それよりもちゃんと家に帰ることを考えたらどうなの。そりゃ、言いたいことも山のようにあるだろうけど、まず夫婦は話し合わなくっちゃ……」

母の言葉を最後まで聞かず、朝子は電話に手をかけた。文恵を呼び出す。

「あのね、このあいだ話した建築家の方々がいらしたのよ。夜、だいじょうぶかしら」

「私は平気だけど、どこへ行くの」

「まずは『イリュージョン』で軽く飲んで、それから『めいこ』で歌おうかと思っているんだけど」

「大丈夫かしら。そういうインテリの人たちって、カラオケ、嫌いなんじゃない」

文恵は心配そうな声を出した。

そうだ、大切なことを忘れていたと朝子は思った。大和田がカラオケを好きかどうかということに、全く無頓着《むとんちゃく》だった。

この街でカラオケは、社交にかかせないものになっている。「みずうみ会」も、年に何度かはカラオケ大会を楽しんでいるほどだ。けれども都会から来た大和田のような男が、マイクを握ることについて、次第に自信がなくなってくる。

食事の最中、おそるおそる聞いてみると、

「カラオケですかあ……」

困惑した微笑が返ってきた。やはり駄目なのだと打ち消そうとすると、

「僕は歌えないんです。でも人のを聞くのは好きな方なんですよ」

と頭をかいた。

「本当です。大和田はカラオケに行くのが、決して多くはないんですが、その分粘りますよ。酒を飲みながら他人のを楽しそうに聞いています。よく自分が歌わない人は、カラオケのことをあれこれ言うものですが、大和田はそんなことはありません」

「それよりも、根岸の方にカラオケは好きかどうか聞いてくださいよ」

大和田はニヤニヤ笑って指さした。

「こいつは、うちの所員の中でも宴会部長って言われているんです。マイクを握ったら絶対に離さないっていう男ですからね」

「いや、そんなことはありません。沢田《さわだ》よりはましでしょう」

二人は「沢田」という所員について、あれこれ噂をした。どうやら根岸の後輩にあたる男らしい。

「あの、私の友人も合流させていただいてもよろしいですか。この後、皆さんとご一緒させていただくのを楽しみにしているんですけれども」

「どうぞ、どうぞ」

大和田は、食事の最後に出た、なれ鮨《ずし》を珍しそうに眺めながら言った。

「女のひとが多くなるのは大歓迎ですよ」

その口調に軽薄なものを感じ、朝子はしゅんとなる。大和田にはそんなことを言ってほしくなかった。

若女将《わかおかみ》である万智子《まちこ》が車を呼んでくれ、三人は街のスナックへ向かう。根岸が助手席に坐《すわ》り、朝子と大和田は後ろに並んで腰かけた。大和田は昼間のジャケットに、中のセーターだけ替えている。何の変てつもない黒いタートルのセーターだが、おそらくカシミアだろう。何ともいえない艶《つや》があった。

この街で、こんなふうにさりげないおしゃれをしている男は少ない。

朝子の中で息苦しさがまた始まった。それを打ち消そうと喋《しゃべ》り始める。

「さっきの旅館の若女将さんもそうなんですけれど、今から会う石川文恵さんも、『みずうみ会』のメンバーです。街でいちばん大きな造り酒屋の奥さんで、とても綺麗な人ですよ」

「この街は本当に美人ばかりですね」

あきらかに酔った口調で根岸が言った。

約束していた時間よりも、四十分近く遅れて文恵はやってきた。

「ごめんなさい。こういう日に限って、チビたちがまとわりついて寝ないのよ」

こうした彼女の言葉は、朝子をとても安心させる。一緒に居てくれていた方か何かと都合がいいのだが、そうかといって自分より魅力的な対象となるのはやはり困る。少し髪を乱したまま、口早に子どものことを喋る文恵に、朝子は密《ひそ》かに胸を撫《な》でおろした。

「あら、まあ」

朝子の着物姿をまじまじと見る。

「どうした の着物なんか着ちゃって、でもとっても素敵だわ。朝子さんってそういう柄が似合うのよね。でも、すっごく張り切っておめかししてる」

のっけから大声でそんなことを言う文恵の無邪気さが、今夜ほど恨めしかったことはない。大和田はすべてを悟ったのではないだろうか。

「先にやっていますよ」

大和田は軽くグラスを上げた。それから互いの紹介が始まった。CAをしていた文恵はこういう時、実に如才ない。

「最近はよくお話を聞いていますわ。とても素晴らしいお仕事をたくさんなさっているんですって」

「いいえ、そんなことはありません。建築家の世界では我々は若僧の部類に入りますからね」

傍らのステージでは根岸がバラード調の歌を歌っている。マイクを握ったら離さないと大和田が言ったとおり、音程やリズムもしっかりしている。いかにも慣れた歌い方だ。

「石川さんも自己紹介代わりに、何か歌ってくださいよ」

「とんでもない、私はこの街きっての音痴で知られているんですよ」

大げさに手をふる文恵は、短めの黒のニットワンピースを着ている。身をのけぞると、裾《すそ》が少しまくれ、すんなりと伸びた足に、朝子は一瞬激しく嫉妬《しっと》した。

それにしても大和田の、歌の乞《こ》い方は執拗《しつよう》だ。

「いいじゃないですか、一曲歌ってくださいよ」

と繰り返す。酔っているのだろうかと朝子は横顔を見た。結局、仕方ないわと文恵は立ち上がりステージに上がっていった。ステージといっても、わずかに段差がついたカラオケの機械の前の場所だ。しかしライトがあたった文恵からは若さと艶が輝くようで、朝子はつくづく自分との二歳の差というものを思った。昔のアイドル歌手の曲を、文恵は愛らしく歌う。高音部の声はあどけない、といっていいほどだ。これは文恵の得意の曲だったと、次第にいらついてくる自分がわかった。

「さあ、次は香山さんの番ですよ」

マイクを差し出す大和田の手を片手で遮った。

「私も歌いますから、先生もちゃんと歌ってね」

朝子は歌い始めた。その昔の歌謡曲は、朝子が得意とするものだ。歌い込んでいる、というほどではないが、何度も歌っているから、画面を見なくても、歌詞は自然に出てくる。

「とってもよかったですよ」

真っ先に拍手をしたのは大和田だ。

「香山さんっていうのは、なんか本職っぽく歌いますよね。音程がしっかりしているから驚いてしまいましたよ」

「あら、ご存じなかったんですか」

文恵が言いかけて、朝子は必死で制したのだが間に合わなかった。

「朝子さんは、ピアニストになりたくって、ずっと勉強していたんですよ」

「なるほど、それでうまかったんですね」

「でもピアノですから、声楽はまるっきり関係ありませんよ」

「いや、そんなことはない。音楽に進もうなんて考える人は、一度は自分の歌う声に惚《ほ》れた人ですよ。そうでなきゃ、音符を見ようなんて思わないはずだ」

そんなことはない、と言いかけて朝子はやめた。大和田の声は、男にしてはねっとりと粘り気を帯びている。その声でそう断定されると、朝子の過去はそれが真実となった。

「でもどうしてピアニストにならなかったんですか。勉強していたんでしょう。もったいないじゃないですか」

「才能がなかったからですよ」

朝子はあっさりと言う。

「自分は何の能もない女だ。田舎の菓子屋のおかみさんがちょうどいいって、ある日わかったんです」

少し酔ってきたのだろうか。自分でも驚くほど自虐的な言葉が後から後から出てくる。

「ほら、人間、高望みするといいことがないでしょう。手に入れられないものを欲しがって、一生あせって泣くより、平凡に生きていった方がいい。私、まだ高校生だったけれどもそんなことを思ったんでしょうね。自分は平凡な人間で、これからも平凡に生きるだろうって。それは確かにそのとおりになりましたけれど」

　ふと見ると、文恵がじっとこちらを眺めている。その哀し気な目は、いかにもいたましげだ。もしかすると自分は、いかにも不幸な人妻めいていたのかもしれないと朝子は思った。特に大和田には、夫の愛人を見られている。今のは確かに愚痴だ。けれども目的はある。大和田はこう言ってくれるはずだと思った瞬間、声がした。

「いや、あなたは平凡な人じゃありませんよ」

　自分の望みがぴったりかなったので、朝子は驚いて相手を見た。

「といえば、あなたも安心してくれるかもしれませんが、それも嘘っぽいなあ。確かにあなたは平凡な人かもしれない。平凡に生きてきたことは事実ですからね、でもそれが嫌であなたはお店を始めようとしているのでしょう」

　朝子はあっと小さく叫んだ。

「そんなこと……」

　やっと声が出た。自分が平凡な人間でないことを証明するために、店を始めようとしている。確かにいま大和田は言ったのだ。

　けれども何の権利があって、彼はそんな立ち入った言葉を口にするのだろうか。自分ひとりならまだしも、ここには彼の部下や、文恵さえいるではないか。

「私はただ店をやりたくなったんです。このままじっとしていても仕方ない。働きに出てもいいんですけれど、何の資格もない、こんなおばさんを雇ってくれるところは、この街にはないんです。だから自分で商売を始めるだけ。田舎の女にむずかしいことを、いろいろおっしゃってもよくわかりませんわ」

「ねえ、大和田先生」

文恵の少しかん高い声が、二人の会話を遮った。先ほどからはらはらして聞いていたに違いない。

「どなたか有名人のお知り合いはいらっしゃいませんか」

「えっ、有名人」

文恵の唐突な言葉に、大和田はそちらに向き直った。

「そう有名人、もちろん先生も有名人でしょうけれども、なんていうのかしら。じゃんじゃんマスコミに出ていて、こんな田舎の者でも知っているような有名人、お知り合いはいませんか」

「有名人、まあ、何人かは知っているのがいますけどねえ」

「そうですか、実は私たち、ご存じだと思いますけれど『みずうみ会』っていう親睦《しんぼく》団体をつくっているんですね。今度五周年記念に講演会を主催して、地元の人たちに聞いてもらいたいと思っているんです」

文恵の気持ちが手に取るようにわかった。何とか話をそらそうと必死なのだ。講演会のことは時々話題にのぼるが、まだ何ひとつ具体的にはなっていない。文恵は大和田の興味をひきそうな話と、とっさに思いついたのだろう。しかし当の大和田は、文恵の思惑などまるで考えていないように、そうだなあとのんびりした声を出す。

「それなら、作家の加藤修二《かとうしゅうじ》はどうですか」

「えー、本当ですか」

文恵がはしゃいだ声を出すのも無理はない。加藤修二といえば、気のきいた都会派小説も書けば、映画評論までやってのけるという作家で、時々はテレビにも出る。それもワイドショーのコメンテイターとして出演するような、よくある使われ方ではなく、海外取材特別番組のリポーターなどが多い。童顔とたくましいからだとのアンバランスが魅力らしく、四年前にはブランデーのＣＭにも出たことがある。そのくせ、タレント作家などとは言われない力量は、各雑誌で示していた。たぶんこの街でも、熱心な読者が何人もいるに違いない。

「でも加藤さんなんて有名人、こんなところへ来てくれるんでしょうか」

「大丈夫ですよ。僕と彼とは、アメリカでふらふらしていた頃からの仲間なんです。だからといって無理難題を押しつけるようなことは好きじゃないですが、ちゃんとしたところの講演会だったら、彼も喜んでやるでしょう」

そこでちょっと悪戯《いたずら》っぽい笑いをうかべた。さっきの朝子との会話は、まるっきり忘れているようだった。

「彼はね、すっかり女房の尻《しり》に敷かれてまして、奴が稼いだ印税なんかはすべてカミさんが管理しているんです。彼が自由になる金は講演会の分ぐらいで、だから本人はわりとやりたがっているんです」

「まあ」

文恵は極めて信憑性《しんぴょうせい》の高い有名人の話に、すっかり興奮してしまった。

「それに奴は酒が大好きですからね。いい地酒があって、たっぷり飲ませてくれるとあれば、すぐに喜んでやってきますよ」

「まあ、ぴったりだわ。うちの蔵ごと飲ましてさしあげるわ」

文恵が言って、大和田と根岸は笑った。彼女の明るい性格は、朝子にとっては思わぬ救いだ。

「奥さん、奥さん」根岸がなれなれしく文恵の肩を叩《たた》く。

「ちょっとデュエットしませんか」

「そうね、私もたまには若い男性と一緒に歌ってみたいわ」

「そんなこと言って、僕とそう違わないでしょう」

「とんでもない。ずっとおばちゃんよ」

軽口をたたき合いながら二人は立ち上がり、テーブルには大和田と朝子が残された。

朝子はふと、この男にからんでみたくなる。自分に無礼な言葉を口にしたから、それとも文恵にあまりにも親し気な態度をとったからか。もう朝子はわからなくなってきている。

「大和田さんって、ずいぶん厳しいことをおっしゃるんですね」

「厳しい……」

「そうですよ、君は満たされてないから、店を始めようとしているんだ、なんて決めつけたじゃありませんか」

「いや、僕はそんなことを言っていませんよ。あなたが満たされていないなんて、そんな失礼なことを僕は言った憶《おぼ》えはない。それは拡大解釈というものでしょう」

「そうかしら」

朝子はつんと肩をそびやかし、ウイスキーグラスを口に運んだ。こうした蓮《はす》っ葉《ぱ》な動作は若い頃だけで、もう忘れたと思っていたが、やろうとしたらちゃんと出来た。

「ところでご主人はお元気なんですか」

大和田が不意にその質問を口にしたので、朝子は言い繕う時間がなかった。

「元気だと思いますよ、私、いまちょっと実家にいるんで詳しくは知りませんが」

「香山さん、僕は今日、お店を見せていただいた。なかなか魅力ある場所です。建築をやっている者は、こういう古い街で、老舗《しにせ》といわれるところの仕事をやらせてもらうのは、張り切ってしまうものなんです。だからお願いがあるんですけれど、安心して仕事をさせてください」

「安心……」

今度は朝子が聞き返す番だ。

「そうです。あなたとご主人が、現在どういう状態なのか僕は知りません。僕がたまたま、四谷のお店で、あなたに教えられた女性と知り合いだったから、こんなことを思うのかもしれませんが、これから僕たちは何千万単位の仕事をしていきます。それがちゃんと遂行されていくのかどうかっていう不安は、とり除いて欲しいんです」

朝子は返す言葉もなくうつむいた。確かにそうなのだ。銀行からの融資も、すべて朝子が香山朝子だから行われていることで、香泉堂の力がなければ、自分ひとりの力で何ひとつ出来るわけはない。

「立ち入ったことを言ってしまいました。だけど僕も二十人もの人間を食べさせています。そこのところをちゃんとわかってください」

「あの……」

朝子はやっと顔をあげることが出来た。

「私と主人が、今あまりうまくいっていないことは本当です。けれども先生にご迷惑をかけることは決してないと思います。私も別れる気はありませんし、向こうも同じはずです……」

朝子は自分の言葉に驚いていた。「別れたい」「あの家に帰りたくない」と母親に何度も言ったことがある。その時は真実そう考えていたと信じていたのだが、心の底では全く別のことを考えていたらしい。

そうなのだ。今さら別れることなど不可能ではないか。哲生のことをまだ愛しているのかどうかと問われれば返答に困るが、夫婦の情というものはまだ残っている。それより何より、離婚に伴う煩瑣《はんさ》なものを、乗り越えていく自信はなかった。

「先生、大和田先生」

ステージから降りてきた文恵は、頬が紅潮している。マイクを突き出した。

「次は先生の番ですよ。ちゃんと歌って」

「困ったなあ」

しきりに大和田は照れていたが、やがて立ち上がった。「スタンド・バイ・ミー」を指名した。達者な発音もさることながら、彼の歌声には、ロカビリーやビートルズを愛した形跡があった。大和田の少年時代を、朝子は嗅《か》ぎとったと思う。

この男を好きになるだろう――。わき起こった確信の熱さのために、朝子は身をよじる。きっと夫には言えない心を持つはずだ。その、やがて訪れる後ろめたさのために、朝子は家に帰ろうと心に決めた。

作家

一

　今年の冬は暖かくなるだろうと言われていたが、年が明けるとさすがに朝晩はきゅんと冷え込むようになった。

　リビングルームで朝子は、着物の手入れをしている。初釜《はつがま》の茶事に着た、ひわ色の訪問着は、裾《すそ》のあたりに大きな扇面が描かれていて朝子が気に入っているものだ。

　シミやファンデーションの汚れがないか、明るいところで確かめてから畳む。この作業は娘時代にしっかりと母から教えられていて、決して人任せにしないようにと念を押された。

「女は自分の着物だからこそ、必死で大切にするのよ。他人が見たらわからないシミも、自分のものだったら発見できるのよ」

　だから決してお手伝いに頼んだりしない。衿《えり》のあたりを拡げてみながら、朝子は別のことを考えている。

「マロニエ館」の主人に紹介されたシェフの面接をしているのだが、これといった男に出会うことが出来ない。昨日会った男は、東京の有名なレストランで、セカンドまでいったという経歴を持っている。

「だけど僕はパリにあるみたいな、こぢんまりとしたレストランで、思う存分腕をふるうことに憧《あこが》れましてね。最近は地方にいい店が出てきましたでしょう。わざわざ新幹線に乗って食べに行くような店がね。ここはいい材料も揃いますし、かなり魅力があります」

こちらを嬉《うれ》しがらせることを言ってくれるのはいいのだが、提示した給料の金額が目をむくほど高額だった。

「今日び、腕のいいのを雇おうとしたら、あのくらいは出さなきゃならないかもしれませんねえ」

「マロニエ館」の元主人はそう言うものの、朝子はいまひとつ納得できない。「東京から来てやるのだ」という態度がちらちら見えるあの男と、これから先一緒に仕事が出来るだろうかという不安もあった。

電話が鳴った。耳にあてると、いきなり「あけましておめでとうございます」という文恵の声が飛び込んできた。

「今日の初釜はどうしたのよ。石川さんはお稽古《けいこ》もさぼりがちだけれど、本番もさぼるわって、先生は呆《あき》れてたわよ」

「そう言わないでよ。毎度のことだけど、お客が大変だったの、みんなうちに来ればお酒はタダだと思っているみたい。十日過ぎても、だらだらお客は途切れないし、本当に嫌になってしまうわ。ところで朝子さん、近いうちに東京に行く用事はないの」

「そうねえ、来月あたりは行かなきゃならないだろうけど」

根岸から連絡があって、店のラフスケッチがもうじきあがると言ってきていた。それが出来たら上京して、打ち合わせる手はずになっている。

「でもその前に東京へ行かない。私たち、作家の加藤修二に会いに行くのよ。ほら、このあいだ大和田さんに言ったでしょう。講演会をしたいんだけれど、誰か有名人を知りませんかって。そうしたら、このあいだ大和田さんから電話がかかってきて……」

朝子の沈黙を、文恵はすばやく察したらしい。あわててこう言い換えた。

「その、大和田さんの事務所の人から電話がかかってきて、加藤さんに話をつけておいたから電話をかけても構わないって、そうして私、教えてもらった番号に電話をしたのよね。そうしたら」

文恵はそこで息を継いだ。

「そうしたら本人が出るじゃないの。私、びっくりしたわ。まさかさあ、加藤修二と直《じか》に話せるなんて思ってなかったから。そうしたら、来週だったら出かける予定が無いから、会ってもいいって。ねえ、朝子さん、行こ、一緒に加藤修二に会いに行こうよ」

文恵の子どもじみた言い方に、朝子は最初の不機嫌を忘れてしまった。

「あなた一人で行ってらっしゃいよ。あなたが進めてる話なんだから。その後だったら、いくらでもお手伝いするわ」

「嫌よ、東京へ一人で行って、一人で有名人に会うのなんて。そんなこと出来やしない」

「だったら、みな子さんとか、智恵美さんとかを誘えばいいじゃないの」

「みずうみ会」のメンバーの名を言ったら、即座に拒否された。

「だってえ、あの人たちっておばさんなんだもの」

文恵とそう年は違わないのに、みな子は完璧《かんぺき》な中年体型となっている。智恵美の服の趣味は、文恵の格好のジョークの種だった。

「あの人たちと一緒に行けば、いかにも田舎のおばさんの団体のところから、講演依頼が来たっていう感じじゃない。でもね、私と朝子さんなら、男の人が〝おっ〟っていう感じになると思うの、自惚《うぬぼ》れだと思われるかもしれないけど。こういうビジネスの時に、有利に働きかけようと思うの、あたり前でしょう」

「まあ、まあ、まあ」

朝子は笑ってしまう。文恵のこういう無邪気の前では、ありきたりの言葉など、発するチャンスを逸してしまうのだ。

「じゃ、行くわ、って言ったら、私も相当、自惚れの強い女っていうことになるわね」

「あら、いいじゃないの、それってきちんと自分を認識するっていうことよ」

結局、金曜日ごろに出かけるのはどうだろうかという計画にまで進んでしまった。

「そして一泊して、どこかおいしいものでも食べに行きましょうよ。私、久しぶりに買い物もしたいわ。ね、ね」

文恵の声を聞きながら、朝子は全く別のことを考えている。大和田のところに連絡するつもりだった。上京したから、様子を見せてくれというのだ。それならば、少しも不自然ではないだろう。

二

文恵と一緒に東京へ行くのは、これが初めてではない。もう二人で何度も、泊まりがけの買い物旅行を経験している。

けれども今度の東京行きは、最初から緊張した空気が漂っていた。新幹線の中で、文恵は繰り返し、ため息をもらしたものだ。

「ねえ、加藤修二ってさ、テレビで見ると、結構きついことを言うわよ。うまくやり込められて、追い返されたりしたらどうしようかしら、ねえ。有名人っていうのは随分気むずかしいものなんでしょう。気に障るようなことって何かしら。ほら、有名人に共通するようなさあ……」

「まるで女子高生みたいなことを言って」

朝子は笑った。

「文恵さんっていうのは、CAをしていたんでしょう。有名人なんかさんざん見慣れてるはずよ」

「それがね、あんまりよく見ないうちに、辞めて結婚したからそうでもないのよ」

文恵はしんから口惜し気に声を出した。

「CAって、もともとミーハーなのよ。芸能人が乗ってきたりすると、すぐ伝令が飛ぶわよ。みんな好きだもの。好きだからCAになったっていってもいいわよね」

「そうねえ、CAはよく、芸能人やプロ野球選手と結婚するものね」

「そう、そう、あの人たちはミーハーの極致かしら。もちろんその反対に、騒ぐのを苦々しく見てるのもいるわよ、みっともないことしないでよ、ってね。私もそっちの方だと思っていたけど、どうも違うらしいわ。加藤修二に会えると思ったら、本当に興奮して、昨夜《ゆうべ》なんて眠れなかったもの」

だって私、彼の本のファンだもの、とつけ加えた。

「だけどあの人、ハードボイルドみたいなもの書いてて、男の人に人気があるんじゃない」

朝子が尋ねると、文恵は大きくかぶりをふった。

「そんなことないわよ、このあいだ出した『歌う女は眠らない』なんて、すごくよかったわよ。ニューヨークに住む日本人女性が主人公で、ミステリー仕立てになってるんだけど、面白いし、じーんときちゃう。なんだか、こちらの心を見透かされているような気分になってしまうの」

「ふうーん」

文恵がそれほどの読書家とは知らなかった。しかし読んでもいない本のことを、くどくどと喋《しゃべ》られるほど退屈なことはない。朝子はちょうど車内販売のワゴンが通りかかったので、呼び止めた。缶ビールを二本買う。はい、と渡すと、文恵はまじまじとこちらを見つめている。

「だいじょうぶ、知ってる顔は乗ってないわ。新幹線に乗る時ぐらい、昼間ビールを飲んだっていいわよ」

「朝子さんって、東京へ行く時って変わるわ」

東京へ行く時変わる、という文恵の言葉は、意外な重みを持って、朝子を一瞬うろたえさせる。

「そんな、変わるなんて。そりゃ、女なら家を出たとたん、気持ちがせいせいするのはあたり前じゃないかしら」

哲生のことを思い出した。家に帰ってから、夫とは一度も関係を持っていない。姑《しゅうとめ》の手前、同じ寝床で夜を過ごすが、夫が帰って来るのは朝子が寝入ってからだ。朝起きると、布団の上に脱ぎ捨てられた衣服がまず目に入り、その下に静かに揺れるかたまりがある。それで朝子は、夫が昨夜遅く帰って来たことを確認するのだ。

たまに早くから家に居る時は、テレビの前でちびちびブランデーを飲んでいる。素面《しらふ》のままで寝床に入り、朝子と向き合うことを恐れているようだ。朝子が眠ってからでないと、テレビの前から立ち上がろうとしない。

見るに見かねて言ったことがある。

「無理に私と喋ったりすることはないんですよ。ただお酒だけは気をつけてください」

多分あの時、哲生は、ああとか、うんとだけ答えたはずだ。夫の性格はよくわかっている。朝子に対する後ろめたさと、そして居直り、照れといったようなものが複雑にからみあって、すべてをぎこちなくさせているのだ。

それにしても、これほど不自然な夫婦関係がいつまで続くのだろうかと、朝子はビールをごくごくと飲み干す。

缶ビールはちょうどいい加減に冷えていてとてもおいしかった。いつもは付き合い程度にしか飲まない朝子だが、こうして東京行きの新幹線の中ではビールを買う。香泉堂と石川酒造の妻たちが、列車の中でビールを飲んでいるなどと、誰かに告げ口される危険性もあるのに、買わずにはいられない。このビールは、武者震いのようなものではないのかと朝子は思う。

店を出すと決めてから、もう何度も上京している。シェフの面接もあったし、評判の店を見学しに行くこともある。女のオーナーだから、素人だから馬鹿にされまいと、そんな時の朝子はきっと肩肘《かたひじ》を張っているはずだ。いつの間にか、ビールを飲む習慣が出来上がっていた。

今日は加藤修二のところへ行き、講演を頼む、文恵はそのことで興奮しているのだが、朝子はその後のことを考えている。

おととい大和田に電話をかけた時、彼はこう言ったのだ。

「加藤となら、僕も後から合流するかもしれませんよ」

「合流っておっしゃると……」

「会うのは五時でしょう。あいつ、多分きっと、飯でもどうですかって言うはずです」

「まさか、加藤さんのような方が、私たちみたいなものと……」

「いや、彼は美人が好きですからね。あなたと石川さんだったら大丈夫」

三

「美人」という言葉が、熱く耳朶《じだ》のどこかに貼りついている。大和田はおそらく文恵のことを指しているのに違いない。

確かに文恵は美しかった。街で「石川酒造の若奥さん」と言えば、美人の代名詞にもなっているほどだ。背が高いことに加えて、文恵にはのびやかな印象がある。それは幸福な結婚生活を営んでいる人妻だけが持っている彩りのようなものだ……。

いや、いや、どうしてと朝子は首を横に振る。まだ何も始まっていない男に対し、どうして嫉妬《しっと》することが出来るだろう。しかも文恵は大切な友人ではないか。大和田は、これか文恵の方に興味を持っているのではないだろうかという思いをいったん抱けば、これからの東京行きが思いやられる。つまらぬことだと朝子は何度も首を横に振るのだが、大和田にいたぶられている自分に、気づかないわけにはいかない。

「どうしたの、朝子さんったら、さっきから身震いしてるわ」

心配そうに文恵が顔をのぞき込んだ。

「身震いじゃないわよ。ああ、嫌だ、嫌だ。いろんなことを思い出したくないって考える時の私の癖」

「それ、香山さんのこと」

文恵のこういう時の無邪気さは、時々朝子を傷つける。

「うちのが言ってたけど、香山さんと朝子さんって、未《いま》だに冷戦状態が続いているって本当なの。それ、お茶会の時の、私の告げ口が原因なのかしら」

「そんなことないわ……。それよりも、私と主人がどうした、こうしたって、あなたたちが心配するほど噂になっているのかしら」

「そんなァ、ただ、うちの人と香山さんとは仲がいいから、ちょっと小耳にはさんだんだと思うわ」

「そう、それならばいいんだけれど」

何よりもまず噂を考える、やはり自分はあの街の人間だと、朝子はビールをほろ苦く飲んだ。

東京が近づいてくる。空の色がとたんに変わったようだ。びっしりとビルが建ち並んでいるさまは、さきほどまで地方の街に居た者には、軽い恐怖さえ起こさせる。ここに住んでいたことがあるとは、自分でも信じられない。

「あのね、加藤さんのおうちは、南青山にあるのよ。だから、ホテルから車で行った方が早いわね」

「へえー、南青山なんて、随分いいところに住んでいるのね」

「うちっていうよりも事務所みたいよ。連絡はいつもそこにするけれど、秘書みたいな人が出てくるもの」

作家に事務所というものがあるのかと、朝子は驚く。

「売れてる人はそうなんじゃないかしら。私もよくわかんないけど、あの人、テレビにもよく出てるじゃない。青山ぐらい住めるわよ」

タクシーの中で、文恵は何度も膝《ひざ》の上の包みを持ち直している。本当は自分のところの製品を持っていきたかったのが、初対面に酒というのもおかしなものだろうと、香泉堂のいくつかの菓子を携えてきたのだ。

「えーと、交差点を越えて、青山通りに出るひとつ目の信号のところです」

文恵はしつこいほど繰り返すのだが、運転手は何ひとつ返事をしない。そのことも二人をおじけづかせていた。

タクシーは全く唐突に止まった。

「ひとつ目の信号はここだよ」

青山通りのひとつ前の信号のつもりだったのだが、それと交差点を越えた信号とを運転手は間違えてとったらしい。仕方なく二人は、車から降りた。

「えーと、それからインテリアの店があって、その角を曲がって三軒目、あ、ここだわ」

いかにも狭い敷地めいっぱいに建てた、というようなマンションがあった。とはいうもののグレーのしゃれた外観は、いかにも東京の建物だ。「二〇八」と書かれた表札があり、その下のボタンを押すと、女の声が聞こえてきた。「はい、どちらさまでしょうか」

「今日、お邪魔することになっていた、石川と香山と申します」

「はい、どうぞお入りください」

彼女が言い終わるやいなや、玄関のドアが自動的に左右に開いた。

「これが東京のオートロックね」

文恵があまりにもまじまじとみつめるので、朝子はついからかいたくなってくる。

「文恵さん、そんなに見てるとヘンに思われるわよ。お客の様子は、防犯カメラで向こうの部屋から見えてるはずよ」

はじかれたように遠のく姿がおかしかった。加藤の部屋のドアの前に立ったとたん、これまた自動のように内から開かれた。女が頃合いを見はからって開けたのだ。オートロックの声からは若い女のように思えたのだが、「いらっしゃいませ」と頭を下げる女は、三十代の後半といったところだろう。頰が男のようにこけているので、とてもいかつく見える。

女が少しも美しくないので、文恵はすっかり楽し気な表情になった。

「加藤先生におめにかかることになっているんですけど」

「聞いております。さあ、どうぞ」

外観どおり狭いマンションだった。玄関から靴を履いたまま上にあがるようになっているのだが、入ってすぐの部屋と、玄関との間はわずかなもので、とても廊下と言えるようなものではなかった。その部屋から笑い声が起こった。

「そうは言ってもですねえ、あちらも賞をとったばかりで自信満々だ。そんな時先生に『ヘタクソ』って言われちゃかわいそうですよ」

「そんなことはないさ、ああいう同人誌なんかやってたのが、つけあがると一番困る」

テレビで聞いたことのある加藤の声だった。

部屋の正面に加藤修二が居た。灰色のセーターを着て、少し身をそらすようにしている。彼は二人を最初は無視し、そしてたった今気づいたというふうに、首をゆっくりとこちらにまわした。

その頃合いを見はからって、女が言う。

「先生、大和田さんからお電話をいただきました講演のことで、石川さんと香山さんという方がお見えになっています」

「あ、いらっしゃい」

加藤は煙草を持っている方の手で、ソファを示した。ここに坐《すわ》れということらしい。しかしまだ客がいる。二人がどうしたらいいのかと、顔を見合わせた時だ。

「じゃ先生、これで失礼いたします」

男が立ち上がったが、そのあわて様がいかにもわざとらしかった。

「そう、わざわざ悪かったね。じゃ、ゲラが出たらなるべく早く見せてくれたまえ」

加藤の恐縮するさまも芝居じみている。おそらく男二人は朝子たちの噂をしていて、これからやってくる女をちょっと見てみないかなどと加藤は男を引き止めていたにちがいない。初めて見る作家という人種に、朝子は一瞬不潔なものを感じた。

「じゃ、お先に」

それでも男は出ていく時、二人に軽く頭を下げた。手には大きな茶封筒を持っている。朝子もよく知っている出版社の名が、そこには印刷されていた。

「どうもお待たせしました。どうも遠いところ大変でしたね」

男が出ていったとたん、加藤は愛想がよくなった。土産物も嬉《うれ》し気に受け取る。

「この菓子は前にもらったことがある。とても美味《うま》かった。僕は酒飲みの常で、甘いものは苦手だったけれど、これは違ってたな」

「おそれ入ります」

朝子は頭を下げた。

「それはわたくしどものところでつくっているものでございます」

「そう、じゃ、あなたが、大和田の言っている香泉堂の奥さんか」

加藤があまりにも不躾《ぶしつけ》にこちらを見るので、朝子は赤くなった。

「さっきから、どっちかなあって思ってたんですよ。大和田が言うには、滅法いい女だってことなんだけれど、今、入ってきたら、どっちもいい女でしょう。香泉堂さんは、右か左か悩んじゃいましたよ」

朝子はうつ向き、文恵は声をたてて笑った。大和田といい、加藤といい、東京で自由業をしている男たちは、どうしてこうもあけすけなのだろうか。普通なら口にしない言葉ばかり、好んでぶつけてくる。

しかし「いい女」という言葉は、あまりにも生々しくて、朝子はしばらく顔を上げられなかった。嬉しさよりも、そういう野卑な言葉で、男の二人に評定されている不快感の方が先にくる。けれど文恵は違っているようだった。

「先生、そのいい女たちがこうしてお願いにまいりました。ぜひ、うちの街で講演していただけないでしょうか」

文恵は媚《こ》びるというほどでもなく、じっと加藤を見つめる。

「講演ねえー」

彼は顎《あご》を突き出すようにして煙草を吸った。テレビや写真で見るのと違い、髪に油気がなくぱさついている。けれどもそれがかえって若々しく見える。それなのに彼は、老人のように背を丸めて煙草を吸い続けていた。

「講演はこの頃あまりやってないんですよ。僕は喋《しゃべ》るのがヘタだし、それより何より、やたら忙しくってね。地方に講演に行くとなると時間がかかるでしょう。それがどうも困っちゃうんですよ」

「先生がお忙しいのは、重々にわかってますわ。それがわかっていても、こうしてお願いに来たんです」

こういう時、文恵は弁舌さわやかなという表現がぴったりになってくる。たとえわずかな間だろうと、働いたことがある女は、自分とはまるで違うと朝子は感心してしまう。

「私たちの住んでいますところは、ご存じのように観光が中心になっているんですけれど、その割には、とても旧式な考え方を持っているんです。コンサートやお芝居もめったに来ません。こういうところで先生のような方に講演会をしていただいたら、どんなに文化的刺激になるかと思いまして……」

「僕の話を聞いても、文化的刺激なんかになりやしませんよ」

加藤は苦笑して手を振った。

「いつも飲んだくれてるだらしない男ですよ。こんな男が喋ったって、ひんしゅくを買うだけでしょう」

「でも先生のファンは喜びますわ」

文恵はきっぱりと言う。

「私もそうですけれど、先生の本の愛読者はいっぱいいます。でも東京に住んでいる人と違って、本物にお会い出来るチャンスなんてまずないんですもの。かわいそうですよ。先生、私たちの街の読者のために、一度来ていただけませんか。そうすればみんな、どんなに喜ぶでしょう。小説の話をしてくだされぱいいんですから」

「でも僕の小説の話なんて、本当にでたらめですよ」

加藤はやる気がなさそうに言ったが、これは大きな譲歩というものだった。

「それがいいんです。私たち、作家ご本人の口から、どうしたら小説が出来るかなんて聞いたことがないんですから。ぜひお願いします」

「そうだなあ、だいたい、いつ頃を予定してるんですか」

「私たちとしては来年の春と思ってるんですが、それはもう先生のご都合にお任せいたします」

「そうですか、じゃ、小川《おがわ》君にスケジュールを聞いてきましょう」

小川というのは、どうもあの秘書の名前らしい。余計な噂をたてられるのが嫌で、加藤がわざわざ不器量の女を選んだのではないかと朝子は思っていたのだが、彼女はなかなか有能らしい。淹《い》れてくれた玉露も、温度といい濃さといい申し分のないものだった。その上、てきぱきとスケジュールを確認する。

「二月から三月にかけて、加藤は東欧に取材にまいります」

「あれ、そうだっけ」

「忘れないで下さいよ。それから四月は、新連載開始が幾つかありますので、かなり忙しいと思うんです。もちろん日帰りでしたら、無理出来ないことはありませんけれど」

「僕は日帰りの講演が大嫌いなんですよ」

加藤は二人に向けていった。

「やっぱり行ったからには、おいしい料理やそこの酒をたらふく飲みたいじゃないですか。そうだ、もし僕が行く時は大和田も予定を合わせるって言ってたしな」

「そうですとも、そうですとも」

文恵が嬉しそうな声を出した。

「うちにはお酒が売るほどありますから、たっぷりいくらでも召し上がっていただけますわ」

あれこれ討議をした結果、加藤が東欧から帰ってくるのが三月の初旬なので、中頃はどうかということに落ち着いた。

「僕は外国から帰ってくると、無性に日本のどこかへ行きたくなるんですよ。ちょうどよかった」

「私たちも会場の手配やいろんなことがありますから、三月頃にしていただくととてもいいですわ」

朝子は次第に不安になってくる。加藤も小川もはっきりと口にしないが、彼ほどの知名度だと、講演料はかなりの高額だと聞いた。文恵はそれをどうやって捻出《ねんしゅつ》するつもりなのだろうか。

「簡単よ。スポンサーを見つければいいのよ。『みずうみ会』の旦那《だんな》の会社だけで、らくに出るはずよ。それじゃなかったら入場料を取ればいいの。加藤修二だったら、お金出してもみんな来るって。大丈夫よ」

何時間か前、新幹線の中での会話を思い出した。突然店を開くと朝子が言い出した時、文恵は驚きの目を見張ったものだが、こうしてみると彼女も相当、胆《きも》っ玉が据《す》わっている。

「ところで、せっかくいらしてくださったんですから、食事にでも行きませんか」

加藤の言葉に、朝子はあっと声をあげそうになった。大和田の言ったとおりではないか。

「彼はきっと食事に誘いますよ。美人が好きですからね」

男同士で何かしめし合わせていたのだろうか。いや、それほど見えすいたこともしまい。朝子が思うに、大和田と加藤とは、「悪友」といってもいいほどの仲で、どうやらお互いの手の内を知り抜いているらしい。

「え、お食事なんて、本当によろしいのかしら」

何も知らない文恵は、喜びを隠せない様子だ。

「イタリアンはお好きですか。これから行くところは、うまいレストランなんですけれど」

「あ、それはあたった」

文恵がはしゃいだ声を出す。

「きっと連れていってくださるのは、イタリアンレストランだと思ってました」

タクシーは青山通りに出て、表参道《おもてさんどう》まで行く少し前を右に曲がる。シャッターを閉めた銀行の横に、小さな看板が出ていた。

「僕はすぐそこの駐車場へ置いてきます。寒いから中で待っててください。加藤の名前で予約してありますから」

二人は店先にとり残された格好になった。地下のレストランに続く階段は狭く、ぼんやりとあかりがついている。それは秘密めいた雰囲気をかもし出していて、二人の主婦をおじけづかせるには十分だった。

彼がまず先に早足で下りていった。

「ねえ、ねえ、加藤修二って親切よねえ」

文恵がささやく。

「どうして私たちに、こんなによくしてくれるのかしら。大和田さんと一回会ったぐらいで、私なんかが食事をご馳走《ちそう》になるなんて」

「有名人って気まぐれなのよ。たまには、ふつうのおばさんとご飯を食べてもいいって思ったんじゃない」

朝子は自分の口調が、ひどくそっけないことに気づいている。文恵と違って、単純に感激出来ない。男二人の会話が、たやすく想像出来るのだ。おそらく大和田から、そうみっともなくない女たちがいる、地方で退屈している女たちだ。などと吹き込まれ、加藤は興味を持ったに違いない。

朝子は彼の小説をあまり読んでいないが、東京に行く新幹線の中で、一度文庫に目をとおしたことがある。若い男が人妻と退廃的な恋をするという内容だった。性の描写が大胆なうえに、女がひどく間が抜けているようで、そうおもしろいとは思えなかった。

小説家というのは、女をこのように見、このように扱っているのかと、気分が悪くなった箇所さえある。おそらく加藤は、なにかの材料に使えるのではないかと、自分たち二人を誘うのだろう。そう恐縮することもないと朝子は思った。

「さあ、どうぞ入ってください」

いったん下りた階段から、加藤は姿を現した。こうして見ると彼は背が高い。しゃれた男だった。

四

彼のために、奥まった席が用意された。青山の、こういう店にやってくる客たちは、いくら有名人でも不躾《ぶしつけ》な視線を投げかけたりはしない。そのことが文恵には、やや不満だったようだ。

「あの、加藤先生は街に出ると、皆にじろじろ見られませんか」

「いや、僕は芸能人じゃありませんから、めったにそんなことはありません」

メニューを開きながら、彼はまた苦笑していた。

「だけどＣＭに出た直後なんか、やっぱり電車に乗れない時がありましたね」

「やっぱり」

文恵は嬉《うれ》しそうに大きく頷《うなず》いた。

「私もこうして、加藤先生と一緒にお食事出来るなんて夢みたい。帰ったらみんなに自慢しますわ」

「よしてくださいよ。それから、その加藤先生っていうのもやめてください。僕はそれがとても苦手なんです」

「だって、先生のところの秘書の方は、先生って呼んでましたよ」

「ああ、小川さんね」

加藤は意味ありげな笑いを浮かべ、それはこの男をとても卑し気に見せると朝子は思った。

「あの人は僕の前に、さる大作家のところで勤めていたんですよ。その癖が抜けないらしい。いくら注意しても、先生、先生、って僕のことを呼ぶ」

「ねえ、その作家ってどなたなんですか。まだ生きてるの」

「いや、三年前に亡くなりましたよ。小川さんは失業してしまったんですけど、とても有能な女性だからって、これまた出版社のおえらい方が紹介してくれましてね。ま、僕もその大先生の才能が、少しでも間接的に伝染《うつ》らないかなんて、さもしいことを考えたりして……」


文恵は身を乗り出した。

「三年前に亡くなった大作家っていうと、誰かしら、えーと……」

「そういう詮索《せんさく》はやめてくださいよ。小川さんはその方の、ずうっと秘書兼愛人だった
んですから」

「えー、まー」

文恵と朝子は顔を見合わせた。

「信じられないわ。だってあの方、そんなふうに見えないんですもの」

文恵は小さく叫んだ。朝子は自分の秘書の秘密を、初対面の女にやすやすと喋《しゃべ》る、加
藤の方が信じられないような気がした。

「さてと、アンティパストは何にしましょうか。いい牡蠣《かき》があるらしいけれど、それよ
りいろいろ見つくろってもらった方がいい」

なめらかな手つきで、彼がメニューをめくり始めた時、ウエーターが近づいてきた。

「加藤さま。お電話が入っております」

「大和田ですよ、あいつ、どこにいるんだろ」

加藤はすばやく立ち上がった。

動悸《どうき》が早くなったのをさとられまいと、朝子はメニューに熱中するふりをする。

「このお店、おいしそうね。パスタだけでも二十種類ぐらいあるわよ。スパゲティなら
いつでも食べられるから、リゾットにしようかしら」

しかし、さきほどから軽い興奮状態が続いているらしい文恵は、無頓着《むとんちゃく》にこちらの中
に踏み込んでくる。

「ねえ、大和田さん今夜来るのかしら、来ないとヘンよねえ。だって私たち大和田さん
の知り合いなんだもの。それにあの人、きっと来るはずよ、朝子さんに会いに」

「そんなことないわ」

ここでむきになるとさまざまなことを見透かされてしまう。朝子はさりげなく答えた。

「このあいだの電話じゃ、まだラフ・スケッチが出来上がってないってことだったんで
すもの。それが出来たら、きっと電話をくれるんじゃないかしら」

「そんなことじゃなくて……」

文恵がじれったそうに身をよじる。加藤が大股《おおまた》で戻ってきた。

「大和田が香山さんとお話ししたいと言ってますけれど」

意外なことに加藤は思わせぶりな顔つきや、大仰な動作をしなかった。ごく自然に電
話を取り継ごうとしていたので、朝子も素直に電話に近づいていくことが出来た。

「もしもし大和田ですけれど……」

その声は事務的といってもいいほどだった。

「今日、僕も一緒に食事をしようと思ってたんですけれども、打ち合わせが終わらない

んです。もしかしたら、次の店だったら行けるかもしれませんけど、とにかく何時に終わるかわからない」

「どうぞ、そんなに無理なさらないでください。加藤先生、いえ、加藤さんがとてもよくしてくださってますから」

「でも、会いたいんですけどね」

朝子は瞬間、自分の胸に大きな一撃をあたえられたような気がした。「で」「も」という二つの音に、この何ヵ月かの答えと、朝子の望みが集約されているような気がした。

「もし、もし、聞いてますか」

「はい、はい」

自分でも情けなくなるほど間の抜けた声が出た。

「明日《あした》の新幹線は何時ですか」

「五時半の切符をとってあるんですけど」

「そうかあ。僕は四時までちょっと会議があるんです。だけど京橋《きょうばし》だから、東京駅のすぐ近くです。あの、その前に会えますよね」

「はい、大丈夫だと思います」

「じゃ、大丸《だいまる》デパートの中の喫茶店にしましょう。場所は……」

朝子は、またもや「はい、はい」と合いの手を入れた。

五

席に着くと、文恵が好奇心むき出しで尋ねてきた。

「ねえ、ねえ、今の電話何だったの、今夜会いましょうって言ったの」

「違うわ。もうじきラフスケッチが出来上がるから、その頃打ち合わせをしましょうって言う話よ。もっと早く出来てなきゃいけないのに申しわけないって……」

嘘はするりと、いくらでも舌に流れてくる。

「ふうん。なんだ、つまらないの」

「ほう。どうしてつまらないんですか」

もういい加減で、こんな話題はやめてほしいと、朝子は舌うちしたいような思いになる。

「だって大和田先生と朝子さんって、端から見てると、とてもお似合いなんですもの」

「文恵さん、あなたまだ酔っぱらってるわけじゃないでしょう、おかしなこと言わないでちょうだい。大和田先生は仕事をお願いしてるんだし、それに……」

ここまでひと息に言って、自分があまりにも真面目になっていることに気づいた。文恵はいつものように、他愛《たわい》ない言葉を並べているだけなのだ。むきになることはない。

「それに、一応、私は人妻なんですからね」

最後はおどけたように言うと、白けかけたテーブルに、さっと活気が戻った。

「失礼、失礼。私は取り合わせとしては、なかなか美男美女のカップルじゃないかなあって、ちらっと思っただけ」

「香山さんは確かに美人だけれども、大和田はハンサムというにはほど遠い」

「あら、どうしてですか。私はなかなかダンディーだと思いますけど」

「冗談じゃない。あいつの若い頃を知らないからですよ。あいつがロスの大学院に留学してた頃、僕も別の大学に籍だけ置いて、ごろごろしていたんですよ。金が無いから、二人で一緒の部屋を借りたんですが、三ヵ月で降参しましたよ。奴のだらしなさっていうのは、並たいていのもんじゃなかったんです。もっともあの頃の学生は、長髪でよれよれジーンズでやたら薄汚なかったでしょう。だけど奴の汚なさっていうのはすごかったですよ。ある時、僕がガールフレンドを部屋に連れ込んだ時、あ、約束でこういう時は、外に出ていってくれることになってるんですけど、朝になったら、もさっと帰ってきた。その時、彼女がすごい悲鳴をあげましてね。ホームレスが部屋の中に押し入ったって……」

「うふふ、想像出来ませんね」

朝子の耳は敏感になって、自分の知らない大和田の姿をとらえようとしている。若い日の大和田、そして可能ならば幼ない日の大和田を知りたいと思う。

そして同時に、片方の耳が大和田の言葉を繰り返している。「でも」「でも」「でも」、彼は確かにそう言ったのだ。体が熱くなっていくのがわかる。運ばれた皿に手をつけられない。

デザートのワゴンがまわってくる。

「流行のティラミスはいかがですか。といっても、もう大人は気恥ずかしくて口に出せないようになってしまいましたが……」

「そんなことおっしゃらないでください。うちのティラミスはおいしいですから」

ウエーターとは違う、黒服の品のいい女が拗《す》ねたように加藤を見た。

「そうだね。ティラミスブームは、この店が火つけ役なんて言われてる。でもここのアプリコットのタルトもなかなかのものですよ」

「少しずつお切りいたしましょうか」

加藤に勧められて、エスプレッソをダブルで頼んだ。

「香山さんはフランス料理の店を始められるんでしょう」

「ええ、ですけれどまだ準備段階です。シェフも何人か候補はいるんですが、決めかねている状態で、まあ、来年からはすべてがスタートします」

「出来るなら、デザートのうまいシェフを入れてくださいよ。僕はめったに甘いものは口にしませんが、こういう料理の時は別です。フランスやイタリア料理は、甘いデザートがあって初めて完成するものだと、つくづく思いますよ」

「本当にそうですわね」

朝子は頷《うなず》いた。

「私もこの頃、勉強のために、いろんな店に行くようにしていますけれど、デザートのおいしいところはお料理もおいしいですし、お料理がおいしいとデザートもおいしい。神経のいきとどき方が、お菓子でよくわかるという気がします」

「おたくのお店のことじゃ、大和田は張り切っているようじゃないですか」

「ええ、本当によくしてくださってます」

「友人のことを、こんなふうに言うのはおかしいんですが、あいつはいま、なかなかのものなんですよ。建築家っていってもピンからキリまである」

「作家みたいに」

ワインをたっぷり飲んだ文恵がまぜっかえした。

「そう、作家っていっても同人誌にしか書いてないのと、僕みたいに売れっこの一流作家もいる」

ふふふと、朝子も文恵につられて笑った。加藤がわざと、胸を張るまねをしたからだ。

「大和田はね、あの年代の中でホープといわれてるんです。建築界は、四十過ぎても若手といわれる世界ですが、いま、あの世代が力を持ってきている。彼は東大閥にも属していないのに、なかなかのもんです。あなたは知らないでしょうが、四国に素晴らしい図書館をつくったり、青山に多目的ビルを建てたりもしてるんです」

「そうですか。私はまた失礼にも、雑誌を見て電話をかけたんですよ。畏《おそ》れ多いことでしたわ」

　そう言いながら、朝子はかすかに反ぱつしている。

　本来なら大和田は、田舎のレストランの仕事など手掛けるような男ではない。特別にやっているのだと、加藤は遠まわしに言っているのだろうか。

　こわばった朝子の表情に気づいて、加藤はあわてたように手を振る。

「いや、誤解しないでください。偉そうに聞こえたのかもしれませんが、友人として、彼がどういう仕事をしているのか、ちょっと話したかったんです。香山さんは、大和田のことを何も知らないでしょう」

「ええ、そうです」

　最初に彼を見つけた、建築雑誌に載っていたプロフィール、そして訪れた彼の事務所が意外に大きかったこと、これらが朝子の持っている知識だ。

「でも私は、大和田先生のおつくりになるものが好きなんです。写真を見た時に、これだって思いました」

「そうです。そう言ってもらうのが、建築家にとっていちばん嬉《うれ》しいことなんですよ」

　一時沈黙があった後、加藤はゆっくりとした動作で腕時計を見た。

「まだ、こんな時間だ。いかがですか、ちょっと軽く一杯、帰りはホテルまでちゃんとお送りしますから」

「いいえ、そんなことまでしていただくと……」

「私、ぜひ連れていっていただきたいわ」

朝子の言葉を遮るように、文恵が小さく叫んだ。

「私たち、こんな時じゃないと、加藤先生、いいえ加藤さんの行くような店には入れませんもの」

「そんな大層な店じゃありませんが、軽くウイスキーを飲むにはとてもいいところですよ」

店を出ると、加藤はいかにも物慣れた様子で右手を挙げ、タクシーを止めた。

「加藤さんは、お酒、お強いんでしょう。毎晩お飲みになってるんですか」

「とんでもない。昔と違って今の物書きは、連載、連載で追われて大変ですよ。酒場へいっても、最近は同業者になんか会ったことがない」

加藤と文恵の会話をぼんやりと聞いていた。心とからだがひどく物憂くなっていて、タクシーに乗るため、身をかがめることさえ億劫《おっくう》なほどだった。午前中に家を出てから、今日はいろいろなことがありすぎた。このまま一人でホテルへ帰りたいところだが、はしゃいでいる文恵を一人残しては行けない。それはいささか年上の女としての義務もあるが、それよりも本能的な競争心というものだ。加藤は明らかに、文恵に興味を抱きつつある。

六

「ねえ、作家の男の人って、綺麗《きれい》なホステスさんがいっぱいいる、銀座のバーやクラブに行くんでしょう」

酔いのせいか、タクシーの闇の中の文恵の声は幼くたどたどしい。そのたびに加藤は低く笑う。

「最近、銀座に作家なんかほとんどいませんよ。若い連中は六本木へ流れてしまう。それに僕は、女の人がいる店って、あんまり好きじゃないんでね」

「あら、どうしてですか」

「酒を飲んでいる時にまで、女の人にサービスしたくありませんからね」

今度は文恵が笑う番だ。

「先生はそんなにしょっちゅう、女の人につくしているわけ、何だか悪いわ、関係ない私たちまでこんなによくしていただいて」

「いやあ、今日は本当に楽しいからそうしてるんですよ。これから行く店は、僕の気に入りの店で、いつも男と一緒です。女性を連れて行くのなんか珍しい。楽しいからそうするんですよ」

墓地を通り、夜の裏道を複雑に曲がってタクシーは小さなビルの前に止まった。住宅地といっていいほどのあたりの静かな家並みだが、ここは六本木の交差点のすぐ近くらしい。客を乗せた何台かのタクシーが通り過ぎ、夜の華やかさを伝えている。

「空いてるといいんだけど、小さな店だからすぐにいっぱいになるんですよ」

地下に通じる細い階段があった。さっき夕食をとったイタリアンレストランもそうだが、しゃれた店というのは、どうしてわかりづらい場所の、しかも地下にあるのだろうか。

たまに買い物で上京した時は、銀座の老舗《しにせ》で食事をとる朝子たちにとって、そうした場所はいかにも秘密めいている。案内人無しではおそらく足を踏み入れることが出来ない場所だろう。

加藤は扉を開け、実にもの慣れたマナーで、女たちを通した。店は案外、といっていいほどオーソドックスなつくりだった。カウンターがあり、その奥に五つほどの小さなテーブルがある。これといった照明やインテリアもないが、まず目に入るのは、入り口近くの丸テーブルの上に置かれた大きな花瓶だった。そこには大量の花が無造作に投げ入れられている。ススキ、クジャクソウ、カラーまではわかるが、後は猛々《たけだけ》しい色の輪入花が混ざっている。東京というところは、花さえも変わった珍しいものが多いと、朝子はつくづく眺めた。

カウンターに立っていた中年のバーテンダーが、親し気に声をかける。

「久しぶりですね。テーブルが空いてますけどそれともカウンターにしますか」

「今日はテーブルにするよ」

歩き出して悪戯《いたずら》っぽく振り返った。

「女性二人連れて、まさかカウンターに座れないだろう」

目には明るい好色さがにじみ出ていた。

注文を取りに来た若いバーテンダーにも、加藤は声をかける。

「このあいだ来た時、いなかったぞ。いったいどこをほっつき歩いてたんだよ」

「スキューバ・ダイビングですよ。週末にかけてだから、たった四日間しか行ってませんよ」

白い歯が綺麗に光って、薄暗い店の中でも彼が陽にやけているのがわかる。加藤が執《しつ》拗《よう》に若い男をからかう様は、見ていて微笑ましかった。

「スキューバ・ダイビングとはいい身分じゃないか。オレなんか寒い東京で、必死に仕事してたんだぞ」

「だって加藤さんの『白い熱帯夜』で、主人公は言うじゃないですか、海にもぐる快楽を知らない男は、ほとんど不能者と同じであるって……。僕はあれを読んでダイビング始めようと思ったんですからね」

「やられたわね。先生」

若い男の背中を見ながら、文恵がくすくす笑い出した。

「本当に作家って大変なんですね。ご自分のおっしゃったことの責任とらなきゃいけないんですから」

「最近よせばいいのに、仲のいい編集者に泣きつかれて、若者向けの雑誌に人生相談をやり出したんだよね。おもしろいよお、急に手紙が増え出した。みんな悩みを書いてくるんだけれど、最後は女がいないのも、加藤、責任とれみたいなことを言ってくる、この頃の若いのは、からきし意気地がない癖に、屁理屈《へりくつ》だけはうまい。それも手紙だとやたら元気になってね……」

この店に来てから、加藤は急にくだけた口調になった。額もてかてかと光り出して、かなりだらしない様子だが、その方がはるかに魅力的だ。喋《しゃべ》り方、酒の飲み方に、自由業の男だけが持っている寛《くつろ》いだ洗練といったようなものがある。

「あ、そうだ」

突然声をあげた。

「大和田に電話をしなくっちゃ。次の店が決まったら連絡すると言ってるんだ」

その言葉は朝子に聞かせるために発せられたに違いなかった。加藤のような男に、ひとり言は全く似合わないからだ。

電話をかけるために加藤が立ち上がった瞬間から、朝子のからだはこわばっていくようだった。ウイスキーグラスを持つことをあきらめてテーブルの上に置いた。背中に冷たい針金を入れられたように、息をすることさえぎこちなくなってしまう。

酒のせいで、化粧がかなり崩れているはずだ。口紅をもう一度つけ直したいと思う。けれども大和田が来るとわかったとたん、化粧室へ行くことなど出来ない、あまりにも見えすいている。

文恵と二人のテーブルは、奇妙な沈黙が支配し始めた。それがますます朝子を息苦しくしている。

「ねえ、大和田さん、いらっしゃるのかしら」

文恵の質問に如才なく答えようとする思考は、まだ残っていたようだ。朝子は先のイタリアンレストランの時と同じように、さりげなく答える。

「さあ、どうかしら。さっきの電話じゃ、今夜は忙しいみたいなことを言ってたけれど、いずれにしても、明日《あした》打ち合わせをするからいいわ」

「来ればいいのに、大和田さん」

文恵は朝子をのぞき込むようにする。目がうるんで光っていた。

「だってあの先生、朝子さんに会いたくってたまらないんじゃないかしら」

文恵の執拗さを叱るのは大人気ないと、朝子は気をとり直す。加藤と食事をしたり、しゃれたバーに連れてきてもらったりと、今夜の文恵は興奮のあまり、どこか箍《たが》がはずれてき始めている。まともに取り合わない方がいいだろう。

「そうね、もしそうだったら楽しいわね。文恵さんが考えているようなドラマみたいなことは、めったに起こるものじゃないけれど、そんなことがあったら面白いと思うわ」

「ねえ、ねえ、朝子さん。私たちって何だか損したような気がしない」

唐突に言った。

「あのままずっと東京に住んで、東京の人と結婚すればよかったのよ。そうすれば、もっと面白い毎日が送れたと思うの」

「あら、私から見ても十分、文恵さん、面白そうな毎日だと思うけれど」

素封家の若奥さんとして、人々からは一目置かれ、夫からは大切にされている。地元でBMWを乗りまわし、こうして時々は東京に買い物に来ることが出来る。文恵の晴れやかな美しさというのは、幸福な人妻だけにあたえられたものだ。

「そりゃ子どもが小さかった時は、こういう環境も悪くないと思ったわよ。家は広いし、人手もたっぷりある。東京じゃこんなにのびのびした暮らしなんか出来ないと思ったわ。だけど三十越したら、自分がどんどん田舎のおばさんになっていくのかわかるの。ちょっとお金があったり、東京に遊びに行くぐらいじゃこのころげ落ちていく坂をどうすることも出来ないわ」

頬づえをついたが、その手首にはプチダイヤをいくつもあしらったブレスレットが光っている。

「CAしてた時、つき合った人たちは親も反対したし、私も考えたわ。だってふつうのサラリーマンだったら、ずうっと東京の狭いマンション暮らしでしょう。先が見えてるじゃない。だけどあの時から十年たったら、商社マンだったのはニューヨークに行ったり、親の家を相続したのもいるわ。私だけこのまま、田舎でくすんでいくのかと思うと、本当に悲しくなっちゃう。あのね、この頃私、東京に来るたびに、昔のボーイフレンドに電話をしてるのよ」

文恵はカクテルグラスの中の、とろりとした液体を片手で揺らしてみる。

「でも心配しないで。別に会ったりしようなんて考えないわ。ただね、近況を聞いて、そして私が彼の奥さんだったらどうかなあっていうのを想像するのが好きなの。このあいだ箱根《はこね》のゴルフ会員権買ったって聞いたら、彼とプレイする自分を思いうかべて、それもよかったかなあって、ちょっといい気分になる……」

「そういうのって、あんまりいい趣味っていえないと思うわ」

それは自分に言いきかせるためだ。

「私たち、何年か前に、たくさんの可能性の中からひとつを選んだのよ。いっぺんに十も二十もの人生を生きられるわけじゃあるまいし、そういうの、意地汚ないっていうんじゃないかしら」

「だって……」

文恵が何か言いかけた時、加藤が戻ってきた。

「大和田のやつ、やっぱり来れないみたいだな。事務所に電話したら、銀座のクラブにかけてくれって言われてね。あいつ、ちょうど接待っていうか打ち合わせしているところで、僕の電話をきっかけに出るつもりだったらしいけれど、どうもうまくいかないらしくて……」

加藤の饒舌《じょうぜつ》を朝子はさえぎった。

「大和田先生もお忙しいんでしょうし、無理をなさらなくてもいいわ。どうせすぐに、お会い出来るんですから」

「あの」

言おうかどうしようかと迷って、彼の唇がひし形にゆがむ。

「あの、大和田ってとてもいい男ですよ。一本気で、優しい男です」

「私もそう思いますよ」

朝子は加藤を見つめながら、こんな時のこんなふうな男の目は苦手だと思った。

「いい方だと思うから、仕事もお願いして、いろいろおつき合いしてるんですわ。あの、加藤さん、今夜はそろそろ失礼します。大和田先生もいらっしゃらないみたいですし、お酒も十分いただきましたし」

文恵はあきらかに不満そうな顔をしたが、やがてしぶしぶと立ち上がった。

「まだこの時間だったらタクシーがつかまります。ホテルまでお送りしますよ」

「加藤さんのお宅はどこなんですか」

「経堂《きょうどう》の方ですが」

「だったら方向が違うんじゃないかしら、私たち二人ですから。タクシーに乗りつけていただければそれでいいわ」

少し自分の言い方はきつすぎたのではないかと朝子は反省し、歩きかけて振りかえった。彼はちょうど文恵のコートを後ろから着せかけようとしているところだった。

「今日はどうもありがとうございました。本当にご親切に、今夜のこと、いい思い出になりますわ」

朝の何時頃になるだろうか、重いカーテンで閉ざしたホテルの部屋は、光が全くといっていいほど射し込んでこない。

けれども朝が来た華やいだ空気は、壁やカーテンを通して伝わってくる。枕元の時計を見た。針は六時のあたりを指している。

朝子は枕に顔を埋《うず》めた。昨夜の後悔と、それにまっすぐ繋《つな》がっている羞恥《しゅうち》が、再び襲ってきたのだ。

その疑いは、昨夜ベッドに入ってから突然起こり、夜の間に増大し、もはや動かしがたいほどの存在になっている。真夜中、朝子は何度も、「ああ」と小さく叫んだものだ。

自分は大変な誤解をしたのではないだろうか。

「でも、会いたいんですけどね」

大和田の言葉「で」「も」の中に、朝子は大きな意味を嗅《か》ぎとった。それは今も耳の中で何度も繰り返されている。けれどもその「でも」は、よく考えてみると単純な接続詞だったのではないだろうか。いや、その可能性の方が大きい。

「あなたと打ち合わせをしたいんですが、時間がとれない」

この事実の後に、

「でも、会いたいんですけどね」

という言葉が続いても、決して不思議ではないだろう。

恥ずかしさの後は、哀しみの感情がこみ上げてくる。自分はなんと自惚《うぬぼ》れの強い女だったのだろうか。加藤の生活の一端を、昨夜のぞいた。有名人として青山のイタリアンレストランで食事をし、バーで常連扱いを受ける。

加藤ほどではないだろうが、大和田もそうした世界に属する男なのだ。これといって取り柄もない、三十過ぎの人妻に興味を抱くなどと、どうして考えたりしたのだろうか。「でも」「でも」「でも」と、昨夜電話口で聞いた大和田の声が、こちらを嘲《あざけ》っているように響く。こんな自分を加藤はさぞかし面白がっていたことだろう。

朝子は今度はあお向けになる。手を胸の上で組む自分は、死人のようだ。そう、恥ずかしさのあまり死んでしまいたいとさえ思う。この何ヵ月か、十分気をつけてきたつもりだ。ほのかに芽ばえ始めた感情を、決して相手に気取られまいとしていたが、大和田は既に感じていたのかもしれぬ、そして加藤に漏らした。

そうすれば昨日の、加藤の思わせぶりな言葉も、わかりかけてくる。二人して田舎の女をからかったのではないだろうか。

「大和田はいい奴ですよ」

などと持ちかけて、自分を有頂天にしようとした。そうだ、そうに決まっている。朝子は自分の目が濡《ぬ》れていることに気づいた。朝だけれど暗い部屋の中で、朝子はひとりすすり泣いた。

いつの間にかまどろんでいたらしい。電話のベルで目が覚めた。時計は七時を少し過ぎたところだ。受話器から、場違いに明るい文恵の声がした。彼女は真向かいの部屋に泊まっている。

「もしもし、朝子さん、もう起きたかしら」

「起きてるわ」

そう答えた朝子の、しわがれた声に気づくような文恵ではない。

「だったら朝御飯にしましょうよ。あのね、ここは和食じゃなくて、コーヒーハウスのワッフルがいいんですって。加藤さんがそう言ってたわ」

「悪いけど、朝御飯はいらない」

そう答えたとたん、塩辛いものが口に飛び込んできた。唇のところにたまっていた、さっきの涙のなごりらしい。三十半ばの人妻が、女子中学生のように泣きじゃくっていたとは、もちろん知られたくはなかった。

「それから、今日は自由行動っていうことにしといてくれないかしら。私、昨夜飲み過ぎたみたいで、何だか気分が悪いの」

「あら、大変。フロントから薬をもらってきましょうか」

「大丈夫、大丈夫。ちょっと横になっていればいいの。だからチェックアウトぎりぎりまで寝ているつもりよ。それまで待たせているのも悪いから、文恵さんはどうか買い物にでも、映画にでも行ってちょうだい」

「わかったわ、じゃ、新幹線の中で会うことにしましょう」

不満気に電話が切られた後、朝子はもう一度ため息をついた。本当にからだがだるくなってきている。もしかすると本当に風邪の前兆なのかもしれない。

ハンドバッグの中に、予備の薬を入れていたことを思い出して、のろのろと立ち上がった。姑《しゅうとめ》の時江は、人形づくりの他に、〝薬好き〟という趣味も持ち合わせている。からだにいいという漢方や薬酒を、いろいろなところから取り寄せて、人に配るのが、大好きだ。家族の誰かが旅行する時の、張りきりようといったらない。バッグの中の、いくつかの紙包みも、時江が持たせてくれたものだ。

「決して眠くならないから、車の運転をしていても大丈夫」

と何度も念を押されたものだが、やがて思いもかけぬほどの睡魔が朝子を襲った。毛布をかぶり、目を閉じる。

しばらく寝入った頃、今度は目覚まし時計で起こされた。寝過ごさない用心のために、十一時にセットしておいたのが幸いした。さっきのまま寝ていたら、チェックアウトに間に合わなかっただろう。

泣いたり、薬を飲んだりと、めまぐるしい後だったせいか、目覚めはそう悪くない。頭のしんのあたりが、さっきよりはるかにすっきりしている。

今だったらどこかへ出かけてもいいと、文恵の部屋に電話をしたのだが、やはりもう出た後だった。

朝子は時計を見た。これから銀座へ行き、買い物をしようと思えば出来ないことはない。四時の東京駅での待ち合わせにも十分間に合うはずだ。

だがそれより髪を直したいと思った。朝洗って、ホテルについているドライヤーでは、いつものような髪型にするのはむずかしい。さっと乾かした髪は、間が抜けているように見える。

チェックアウトをしたフロントに戻り、制服の女性に声をかけた。

「あの、ここの美容院へ行きたいんですけれど……」

「今すぐでございますね。しばらくお待ちくださいませ」

電話で何やら話した後、にっこり笑って言った。

「今なら空いております。お待ち申しあげておりますとのことです」

「そう、どうもありがとう」

朝子は教えられたとおり、地下へ下りていった。ホテルの美容室を使うのは、あまり気がすすまない。なじみがない店へ行くというのはそれだけで気持ちの負担が大きいうえに、髪型が気に入ったためしがないのだ。

結婚式や成人式といった客が多いホテルの美容室は、髪型がどうも大げさになるきらいがある。大きくふくらませるし、整髪料をぴっちりつけるのだ。

「出来るだけ自然に仕上げてちょうだい。それからスプレーはかけないでね」

注文をあらかじめつけ、朝子は目を閉じた。鏡の中の顔は、昨夜の寝不足のせいか少しむくんでみえる。昼の光の中で、それをじっと見るのはつらかった。

どうしてこんなことをしているのだろうかと不意に思った。大和田が今日、自分と会いたがっているのは仕事のせいなのだと、結論を出したばかりではないか。それなのに彼のために髪を結い、少しでも綺麗《きれい》に見せようとしている。

そんな自分がたまらなく滑稽《こっけい》だから、鏡をあまり見たくないのだろう。やがてカーラーが巻かれ、あたたかい風が朝子の髪をつつんだ。

いつのまにかうとうとしていたらしい。

「お客さま、いかがでしょうか」

美容師の声で起こされた。年配の美容師は得意そうに椅子をぐるりとまわす。賞賛とねぎらいの言葉を期待しているようだ。

けれども髪は全くもって気に入らなかった。あれほど念を押したのに、サイドがふくらみすぎている。こういうかたちは、朝子の卵形の顔をとても老けて見せるのだ。

文句を言いたいところだが、居眠りをした自分に非がある。朝子は「どうもありがとう」とだけ言って立ち上がった。

ロビーを通り過ぎ、タクシー乗り場へと向かう。雲の切れ間から、冬の陽が射し込んできた時、朝子は大和田に会いたくないと思った。

少なくともこの髪のままでは会いたくない。可能ならば、素通りしてそのまま東京駅から帰りたい気分だ。

朝子はため息をひとつついて、こんな思いは学生時代さんざん経験したものだといきあたる。マニキュアがうまく塗れなかったり、着ていく服がどうしても決まらない時、いたずらに焦立《いらだ》って、よく約束を反古《ほご》にしたものだ。

けれども今自分は三十半ばになり、人妻となっている。二十歳の女子学生のようにはいかないのだ。

「東京駅、大丸デパートの前につけてちょうだい」

タクシーの運転手に声をかけ、ガラスに顔を押しつけた。この鬱屈《うっくつ》した気分は、すべて大和田に関しているではないか。そして自分は少女のように彼に翻弄《ほんろう》されているのだと、朝子は悲しく思う。

「お客さん、混んでますねえ。古川橋《ふるかわばし》のあたりで動かないかもしれないよ」

タクシーの運転手に言われた時も、朝子は「構わないわ」とだけ答えた。遅刻するならそれで構わない。本当ならすっぽかしたいほどの気分なのだ。

しかし、東京駅に近づくにつれ、意外にもかえって車の流れは順調になった。

「この時間、都心が、エアポケットみたいになることがたまにあるんだよね」

運転手は言って大丸デパートの前に車をつけた。約束の時間よりもはるかに早かった。婦人服売り場をぶらついたが、髪が気になり商品に目がいかない。ブラウスやスーツをあてるふりをして、何度も鏡を見たが、ふくらんだ髪型はそのままだ。

　このままだと、約束の場所へ行く気が失《う》せてしまいそうだ。朝子は少し早いが、喫茶ルームへ向かうことにした。エスカレーターで上がり、案内板のままに歩きかけた時だ。

朝子は見たことのある男の背をすぐ正面に見た。

あ、と朝子が声をたてたのと、大和田が振り返ったのとほぼ同時だった。

「随分早いんですね」

「先生こそ。お約束がひとつあるんじゃなかったんですか」

「すっぽかしたんですよ。あちらの方に出たら、どうしてもこの時間には来れませんでしたからね」

　この男はどうして、こう思わせぶりなことを言うのだろうかと朝子は恨めしく感じた。喫茶ルームは思いのほか狭く、朝子と大和田は両側からはさまれるようにして、小さな二人用のテーブルに座った。

「すみません、急にお呼び立てして」

「いいえ」

　そう答えながらも、自然に髪に手がいってしまう。

「いやね、加藤と会っていると聞いて、なにやら心配で心配で、いてもたってもいられなくなりましてね」

「加藤っていうのは、女性に関してちょっとだらしないところがあるんですよ」

大和田は非常な早口で言った。

「昔から女にはもてていたんですが、この頃、有名人になってちょっと過信をしているところがある。悪い奴じゃないんですけれど、昨夜もあなたたちを、いろんなところへ連れ回していたみたいですね。僕はやたら心配になりましてね。一応釘《くぎ》をさしていたんですが……」

この時、ふと目をそらした。

「あなたの顔を見るまでは安心出来なかった」

朝子にそれほどの驚きは起きなかった。それよりもいま心の中に拡がっていくのは、晴れやかな、安らぎにも似た思いだ。

やっぱりそうではないか。

この何ヵ月か、自分を苦しめていたものから、いっぺんに解きはなたれた。それも勝者という立場でだ。

「何も心配することはありませんわ」

だから朝子はにっこりと微笑むことが出来る。

「こんな田舎のおばさんたちを、いったい誰が相手にしてくれるっていうんですか」

こんな時、女が必ず口にする偽善的な言葉、けれどもそれは舌にのせると、なんと甘美なのだろう。

「そんなことをおっしゃると加藤さんに笑われますよ」

「いや、そんなことはない。あなたは自分の価値をちゃんとわかっているじゃありませんか」

大和田は焦立《いらだ》ったような声をあげ、それきり黙り込んだ。とまどいが生まれる。いったい大和田は何のためにここに来ているのだろうか。少年のような嫉妬《しっと》のために、ここに座る男とも思えないのだ。

朝子はたっぷりとした気持ちで、すべてのことを茶化してみたくなる。今ならそれが出来そうな気がする。

「大和田先生が、私たちのこと……」

わざと〝たち〟という言葉を使う。

「私たちのことをそんなに心配してくださっているとは思いませんでした。でも大丈夫でしたからご安心くださいな。ちゃんとホテルまで送ってくださいましたから……」

「僕のこと、随分警戒してるんですね」

朝子の饒舌《じょうぜつ》を彼は乱暴に遮った。

「警戒するって、どうしてですか。大和田先生は私の店をつくっていただいている方、警戒なんかするはずがないじゃありませんか」

「警戒していなかったら、馬鹿にしている」

「大和田先生のような立派な方を、どうして馬鹿にするんですか」

「あなたに夢中だからですよ」

大和田のあまりにも直接的な言葉に、朝子はさまざまな順序を失ってしまった。けれどもかろうじてこう答えた。

「まあ、ありがとうございます。ありがたく、今の言葉頂戴《ちょうだい》いたしますわ」

「何でそんな言い方をするのかな」

彼はこちらを見据える。睨《にら》んでいるといってもよい視線だ。

「だってからかわれているのがわかるからですわ」

「からかう？　ほら、僕のことを警戒しているじゃありませんか。加藤のやつ、何か言ったんですね」

「加藤さんは何もおっしゃいませんでした。それどころか、大和田はとても真面目ない い男だって言ってましたよ」

「そうか、あいつ、いいところがあるじゃないか」

大和田は歯を見せてにっこりと笑った。その無邪気さに朝子は、また謎の中に誘い込まれたような気分になる。加藤と大和田、この二人が組んで、何やら企《たくら》んでいると思ったのはこちらの考え過ぎというものだろうか。

とにかく早くけりをつけなければならない。低い声で話しているつもりだが、隣のテーブルの女が二人、ちらちらとこちらを見ている。大和田ほどの男が、デパートの中のティールームで、どうしてこんな話を持ち出すのだろうか。

「とにかく私、今度のラフスケッチを楽しみにしています」

「その〝とにかく〟っていう言い方が、僕は大嫌いなんですよ。とにかくっていわれたら、今までのことが全部だいなしになってしまう」

「とにかく私、もう失礼します。そろそろ新幹線の時間ですし」

「まだ三十分以上もありますよ」

「ここからホームまではかなり歩きますよ。それに何かお土産も買っていきたいんです」

「ホームまで送りましょう」

「いいえ、結構ですわ」

コートを着るために、絹のスカーフを衿《えり》のあたりにふわりとかけた。

「文恵さんと中で待ち合わせをしていますから、ここで失礼します」

「わざわざ来たんですよ。せめて改札口まで送らせてくださいよ」

朝子が立ち上がると大和田は後ろに立ってコートを着せかけようとしているのだ。

隣の女たちはもう遠慮も何もなく、じっとこちらを見ている。髪をきちんと整えた中年の女たちだ。非難と羨望《せんぼう》の入り混じった目だ。夜明けまですすり泣いていた朝子は、きっとそうした女のひとりだったはずだ。

子どもじみた気分で、朝子は「ありがとう」と大和田に言った。

「ラフスケッチは、多分来月のあたまに出来ると思います。その時に会ってくださいますよね」

「ええ、もちろん打ち合わせに伺いますわ」

「本当にどうしてそんなに僕のことを警戒するんですか」

あたり前じゃないですか。私は人妻なんですよと言いかけて朝子はハッとする。最初に食事をした夜、大和田に夫の愛人を見られているのだ。

彼はすべてを知っている。朝子が夫に裏切られた妻だということをだ。

さぞかし近寄りやすい女と思ったことだろう。最初から、そういう意図を持った女と考えていたかもしれない。

さっきまでの晴れやかな勝利感は消え、今は暗く湿った疑惑で朝子は息苦しくなってきた。

「やっぱりホームまで送らせてくださいよ。何か土産を買うのなら、デパートの地下の方がいい。僕が荷物を持ちますから」

大和田はどうして急に、これほど馴《な》れ馴《な》れしくなったのだろう。朝子は彼を見上げる。ゆるんだ唇のあたりに、見たこともないような卑しさが表れている。けれども厭《いと》う気にはなれない。

男の欠点がひとつひとつあらわになるのは、彼の秘密をなぞっていくような気がする。けれども朝子は、自分のそんな気持ちの揺れを、決して相手に悟られまいと心した。寄りかかっていきそうな思いを、疑惑の泡がせつなくやわらかい壁をつくる。

「ここで結構です。少し早めに行ってホームで待ちますから」

「そうですか……」

大和田はなごり惜し気に、持っていた朝子のスエードのボストンバッグを手渡す。その時、男の指は一瞬触れたかと思うと、義務的に離れた。朝子はちらっと不当な侮辱を受けたような気がし、そんな自分をすぐに恥じた。

「それでは失礼いたします」

「じゃ、気をつけて帰ってください」

改札口を抜ける自分の後ろ姿を、きっと男は凝視しているに違いない。髪型のことが甦《よみがえ》る。あれほど言ったのに、ホテルの美容師は後頭部のあたりも大きくふくらませているのだ。なんといまいましいのだろう。朝子はいらだちのあまり唇を嚙《か》みしめる。

何もかも嫌だ。急に図々《ずうずう》しくなった大和田も許せないし、そんな男をまた気にかけている自分は何と馬鹿なのだろう。

みっともない髪のまま、不用心に後ろ姿さえ見られている。振り返ったりするものか。

おまけにホームは冷たい風が吹き抜けていて、ガラス張りの待合室はいっぱいだった。長いこと列車を待ち、ようやく乗り込んだ時はからだが小刻みに震えるほどだ。

発車ぎりぎりに、隣の席に駆け込んできた文恵は驚いたような声をあげる。

「顔色悪いし、なんだか怒ったような顔よ。まだからだが本調子じゃないんじゃないの」

「なんだか何もかも嫌になっちゃったのよ」

ガラスに額を押しつけた。そこからも冷気が伝わってきてすぐに離れる。

「素直になれない自分も嫌だし、いろんなことが見えすぎる自分も嫌……」

最後の言葉は口に出さずに言った。

講演会

一

「本当に馬鹿にしてるったらありゃしない」

文恵はいまいまし気に、ＢＭＷを発車させた。車は彼女の怒りをあらわすように、ぶるるといきり立つ。

「だから『みずうみ会』なんていっても、金持ちの奥さん連中の暇つぶしなんて馬鹿にされるのよ」

今日、例会の席上で文恵は、加藤修二の一件を披露したのだった。興奮と得意を押さえようとしているのだが、つい早口になる。

「五周年記念に、なにかやりたいとは思っていたけれど、まさか加藤さんみたいな方が、講演に来てくださるとは思ってみなかったわ。とても乗り気で、三月の中旬には伺いますっておっしゃってくださったんです」

「加藤修二ったら、週刊誌にも連載してるわよね。私、あれをずっと読んでるわ」

「このあいだテレビで見たけれど、わりとハンサムだった。本物に会えるなんて嘘みたい」

　口々にはしゃぎ出したのは若い会員たちで、みな子や智恵美は、一瞬困惑した顔を見合わせた。やがて重い口を開いたのは会長の美津だ。

「ああいう人って、講演料が高いんでしょうねえ」

「そりゃ、十万や二十万じゃきかないでしょう。でも私、いろいろ考えてることがあるんです」

　文恵は言った。

「私たちが主催っていうことにしてもらって、皆さんのご主人方の会社の後援や協賛をいただいたらどうかしら、そうして他の費用は手弁当っていうことにする。そうしたららくらく実現できるはずですよ」

「そうは言っても、主人が何て言うかわからないし……」

　市内に四軒の支店を持つ家具店の妻、みな子が、いかにも臆病《おくびょう》そうな声を出した。

「あんまりこういうことに、夫を巻き込みたくないんですよね」

「それに女だけで、あんまり大それたことをやると、いろんなことを言われるかもしれないし……」

　美津が言い、文恵ははっきりとわかるほど眉《まゆ》を上げた。

「そんなのおかしいじゃありませんか。この五年間、旅行会や勉強会をしてきたけれど、ここいらで地域のためになるようなことをしたい、『みずうみ会』をＰＲしたいってていうことで、講演会か何かのコンサートっていう案は、昨年からずっと出ていたんですよ。だから実行委員の私や香山さんは、いろいろやってるんです。それを今頃になって否定的なことを言うなんて……」

「石川さん、ちょっと待ちなさいよ」

こういう時、まとめ役になるのは料亭を経営している美子だ。女将《おかみ》として苦労している分、社長夫人たちより練れている。

「みんなも頭から反対しているわけじゃないわ。ただお金のことが心配なのよ」

みんな静かになった。

「こういうことじゃないかしら。さっき石川さんが言ったように、この会は女房連中の暇つぶしの会と思われている。それで夫の会社に協力してもらったら、ますますひとりじゃ何も出来ないととられてしまうわね。自力でやることを考えたいって、皆さんは言ってるんじゃない」

美子の言葉に、そうなのよと、みな子と何人かは頷《うなず》いた。

「ここにいる人たちのご主人に頼んだら、きっとすべてがうまくいくと思うわ。だけどそれだったら、『みずうみ会』が主催することはないんじゃないかしら」

「多分ね、男の人たちはロータリーか、商工会議所の方でやりたいって言い出すような気がする。加藤修二の講演会なら、人が集まるに決まっているもの」

「それって、この話、男の人たちに譲って、私たちは手伝いに徹しろっていうことかしら」

　文恵のきつい調子に、みな子たちは顔を見合わせた。

「そんなこと言ってやしないわ。ただ、この話が私たちで受け入れられなくても、男の人たちが引き受けてくれるっていうことよ」

「そんなこと、やりもしないでどうしてむずかしいなんて思うのかしら。もし協賛が得られなかったら、入場料取ったっていいじゃないですか。三百円でも五百円でもいいわ。そうしたら加藤さんの講演料は出せるはずですよ」

「入場料ねえ……」

　女たちは再び一斉に言葉を濁した。

「お金をとるのっていうのは、どうも気がすすまないわねえ」

「商店会でやる歌謡ショーみたいになってくるものねえ……」

　朝子は傍らの文恵を見た。やりきれなさと怒りで唇がゆがんでいる。古株の会員たちを相手に、文恵が一人で応戦しているのは痛々しい。一緒に東京へ行った自分が何か言わなければならないだろう。

「ちょっとよろしいかしら」

　こぢんまりとした集まりだから、立つ必要はなかったが、軽く手を挙げる。

「加藤先生はあれだけ有名な方だから、講演料はとてもお高いと思います。皆さんがご心配なさるのも無理はないわ。ですけれど、今度のご講演は、私の知り合いが間に入っていますので……」

「知り合い」という言葉が、ひどく発音しづらかった。

「特別のご配慮をしてくださるっていうことなんです。早い話、おいしいお酒をいっぱい飲ませてくれれば喜んで行きます。そちらの条件どおりでいいっておっしゃってくれているんです。これだけのご厚意を無駄にすることもないんじゃないでしょうか。それに入場料をとることに抵抗があるのなら、経費を引いたすべてを福祉団体に寄付するっていうのはいかがですか」

「全くあの時、朝子さんがあんなふうに言ってくれなかったら」

会の様子を思い出したのか、文恵はいまいましげに舌うちをした。

「私たちに講演会は荷が重すぎるわ、なんてことになってしまう。全く、あの人たちときたら、いつもはご主人を助けて、っていうよりも自分たちでもあんなに前に出て働いているくせに、いざとなると主人が何て言うかしらって逃げるんだから」

「逃げてるんじゃないわよ。実際、最後の決断は夫にしてもらおうと思っているんじゃないの」

「ひかえめな奥さんでいたいのよね。全く、この街の女の方たち、出しゃばりっていわれるのを何よりも怖れているんだから。こんなに強くて、こんなによく働く女なのにね。いざとなると急にしおらしくなってしまう」

「仕方ないわよ。私たち『千代姫《ちよひめ》の岸』の伝説を聞いて育ったんだから」

昔、湖の向こう側に殿さまが住んでいた。その妻である千代姫は大層嫉妬《しっと》深く、おまけに表向きのことにもいろいろ口をはさむ、困りぬいた殿さまは、ある日家来に命じて、妻を殺害してしまう。

この時、千代姫の着ていた衣が、そのまま向こう側に流れつき、やがて白砂の岸になったというのは、このあたりで未《いま》だに伝わっている話だ。

糸江ばあさんのドライブインの近くの「千代姫が岸」はもう住宅が建ち並んでいるが、「千代姫の岸」というバス停留所はきちんと残っている。

「この街の女にしちゃ、朝子さんはえらいわ」

運転する文恵の横顔が再びきりっとなった。

「だってこの街の女なのに、旦那《だんな》さんにも相談しないで、一人でお店をやろうとしているじゃないの。みんな、出来た奥さんなんて言われても、結局は旦那の顔色をうかがいながら何か始めるのよ。それなのに朝子さんは、自分がやりたいと思ったらさっさと決めてしまう。私、本当にすごいと思うわ」

「えらくも何ともないわよ」

朝子は苦笑いした。

「夫に遠慮しないっていうことは、それだけ愛情がないっていうことなんじゃないかしら」

「あら、あら、そんなこと言ってもいいの」

「いいわよ、別にあなたの前で取り繕うことはないわ。確かに私は自由にさせてもらっている。でも自由だっていうことは、いいかえれば相手が無関心っていうことよね。夫婦なんていうのは、多少窮屈でも、心のどこかで縛られていた方が幸せなんじゃないかしらね」

「やあね、朝子さんたら、随分古くさいことを言っている。まるで『みずうみ会』のあの人たちみたいじゃないの」

駅が近づいてきた。本店の前で降ろしてと朝子は声をかける。

真冬の昼下がりとあって、本店の中も客が少ない。柱に寄りかかってお喋《しゃべ》りにふけっていた女店員たちが、朝子の姿を見るとぐずぐずとそこから離れた。

「ご苦労さま」

以前だったら小言のひとつも言っただろうけれども、今の朝子はにこやかに通り過ぎるだけだ。レストランの準備を始めてから、香泉堂は自分とは関係ないという思いが日に日に強くなる。それが店員たちにも伝わっているようで、以前のように朝子の顔色をうかがう、といったことも最近はほとんどない。

エレベーターで上に行くと、ちょうどゴルフバッグを担いだ哲生が出てくるところだった。

「上田《うえだ》に誘われた。ちょっと打ちっぱなしに行ってくる」

「寒いから気をつけてくださいね」

哲生は一瞬けげんそうな顔をして朝子を見た。昨年、女性問題が発覚して以来、二人の間は、冷ややかというよりも、お互いの存在を無視しようと努力しているといった方が正しいだろう。姑《しゅうとめ》の手前、寝室は一緒のままだが、哲生が寝ついた頃、朝子は部屋に入るようにしている。朝はその逆だ。当然夫婦関係などあるはずもない。

気をつけて、という朝子の声につられて、哲生も珍しく言葉を続けた。

「上田と飯を食ってくるかもしれないから遅くなる」

「そうですか。よろしくおっしゃってくださいね」

上田というのは、哲生の高校時代の同級生で、今は遊び仲間になっている。前に何度か遊びに来たことがあったので、顔は知っていた。

「じゃあ、行ってくる」

哲生は珍しく機嫌よく出て行き、すれ違いに家の中に入ると、お手伝いが幾つかメモ用紙を持ってきた。

「留守の間に、これだけお電話がありました」

ひとつは銀行からで、もうひとつは「バイオレット」の女主人からだ。春物が入ったので、早く見に来てほしいという伝言だった。そして最後の行に〝大和田〟という文字が並んでいた。

「ずっと事務所にいますので、お電話ください」

お手伝いの、昔風に崩した漢字を見ながら、この予感は朝からずっとあったと朝子は思う。それだからこそ、いま、夫にも優しい言葉をかけることが出来たのだ。

寝室に電話を切り替えてボタンを押した。いきなり機械的な女の声が聞こえて、朝子はハッとする。

頭に二つの数字をつけるのを、すっかり忘れていたのだ。

二

「随分時間がかかりましたけれども、やっとラフスケッチが出来上がりました」

電話の向こう側の大和田の声は、これといった抑揚もなく、そこから感情を読みとることは不可能だった。

「そうですか。ありがとうございます。早く拝見したいわ」

「それでですね、なるべく早く、来週中にでも、一度こちらにいらしていただきたいんですけれども」

「私はいつでも行けますけれども、先生のご都合を教えてください」

「そうだなあ……」

受話器から、せわしげに紙をめくる音が聞こえてくる。

「木曜日はどうでしょうか。この日だったら、ゆっくりお話も出来ると思いますよ」

「木曜日ですね、私の方はいつでも東京へ行けます」

その言葉は、とても媚《こ》びているようだと思ったが遅かった。自分もどうして大和田のように、事務的に喋れなかったのだろうと悔いが残る。

男というのはなんとずるいのだろうか。わずか半月前、別れの時にいくつかの言葉を口にした。それは人妻である自分の胸をかき乱すには十分だった。朝子はその余韻をいつまでも引きずっているといってもいい。

それなのに相手は次に口を開く時、そんなことを微塵《みじん》もにおわせないのだ。だからいま、朝子はとり残されてしまった。

上着をカーディガンに着替えながら、朝子は寝室のカレンダーに目をやる。年末になると、香泉堂には大量のカレンダーが届けられるが、気に入ったものはほとんどない。いきつけの美容院がくれたものだけを飾っている。「世界の人形」と記されてあって、二カ月ごとにめくるとさまざまな国の人形の写真が可愛らしかった。

来週の木曜日のところに、大きく丸印をつける。店をやろうと決心した時から、大和田と知り合ってから、自分はもういくつもこの丸印をつけてきた。その印は、少しずつ大きくなっている。最初は数字の真ん中につけられた、大きな点だったものが、今では数字を囲むほどになっている。

それは朝子のはずむ心を、そのまま表しているようだ。

もしレストランを始めようと思わなかったら、この丸印はなかった。それまでも時々、買い物のために上京していたが、こんなふうに印をつけ、その日を待ちこがれるということはなかったに違いない。

朝子はふと思いついて、丸印にいくつかの花びらをつけた。それはまるで、季節はずれの向日葵《ひまわり》のようにもなる。数字が輝いているようにも見えた。

朝子は一瞬、夫婦の寝室の壁に、こんなものを記す自分を後ろめたく感じたが、その思いはやがてどこかへ消えてしまった。


街を行く女の服装が、すっかり春ものに変わったことに朝子は驚いている。いくら暖冬とはいえ、吹き抜ける風は冷たい。それなのに女たちは、コートをぐずぐずといつまでも着ていることが耐えられないようだ。

早くも脱ぎ捨てて、厚めのジャケットや、セーターを着ている。さすが東京だと朝子は何度も振り返った。

約束の四時きっかりに、大和田の事務所の扉を押した。

「お待ち申しておりました。しばらくお待ちください」

秘書の女が、最初の時とはまるで違う、慣れ慣れしい笑顔で立ち上がった。

ソファに腰かける。薄くて少し熱すぎるお茶は、このあいだと同じだった。

つい立てと本棚の向こうから男たちのざわめきが聞こえてくる。その中から確かに朝子は、大和田の声をとらえた。

「おーい、―センターにどうして電話しないんだよ」

「だから、見積もりは早く出しとかなきゃいけないんだよ」

大和田の声はいくらかいらだっていて、朝子は衿元《えりもと》のスカーフを引き合わせるようにした。薄い水色のエルメスは、今日のピンクのスーツにとても似合っているはずだ。

男から好意を打ち明けられた後、女がその男に会う時は、以前の百倍以上の気を遣う。さらに愛されようと欲ばる前に、男を失望させたくない。

男の眼に「後悔」という色が浮かんだら、女は一生の恥辱を受けたことになるのだ。

やがてつい立ての後ろから、大和田が姿を現した。灰色の衿のない、男もののスーツなどというものを朝子は初めてみた。おそらく有名なデザイナーのものだろう。彼でなければ、きっとこんなスーツは着こなせないはずだ。

そんなことをちらっと思ったのは、朝子に余裕があったからで、その余裕は大和田からもたらされたものだ。

朝子を見た瞬間、彼の眼の中に、とまどいと賞賛がうかんだのを見た。ピンクのスーツは、どうやら予想以上の効果をもたらしたようだ。

「先生、ご無沙汰《ぶさた》しております」

わざと大仰に頭を下げ、よそよそしい言葉を連ねる。

「このたびは、私のために早くスケッチを仕上げてくださったようで、本当にありがとうございます。何から何まで親切にしていただいてとても恐縮していますわ」

大和田の唇のあたりを、かすかな怒りが通り過ぎる。それは先週、朝子が彼の電話によってもたらされた怒りと同じものだ。

大和田はぶっきらぼうに、奥に向かって叫んだ。

「おーい、根岸君、まだかなあ。香山さんのスケッチ、早く持ってきてくれよ」

やあ、先日はどうもと、助手の根岸が大股《おおまた》でこちらにやってきた。手に何枚かの紙を持っている。

外国の水彩画のようなそれが、どうやらラフスケッチといわれるものらしい。綺麗《きれい》な色の円柱と、市松模様の床が描かれている。朝子は目をこらしたが、それが自分の店になるという現実感は全くなかった。

「これは根岸君じゃなくて、僕が描きました」

大和田はあきらかに得意そうだった。建築家というのは、画家の要素がなくてはならないものなのだと朝子はぼんやりと考える。

「香山さんは確か、クラシカルだけれどもモダンにということをおっしゃいましたね。僕もあの街を見せてもらって、そう過激なことは出来ないと思いました。だけどそうかといって、ありきたりのことはやりたくない。ちょっと、この円柱を見てください」

大和田は胸ポケットから、不思議なペンをとり出した。それはまるで指揮棒のように伸びる。

「このエンタシス柱を見てください。このギリシャ風というのが最近また流行しているんです。この円柱はですね、大理石のようですけれども、実はそうじゃありません。集成材に塗装したものですからコストもかかりません。それからこのディスプレイスペースも見てください……」

別の紙を拡げた。

「坪数がありませんから、ここにガラススクリーンを入れたいと思うんですよ。この場合、エッチングを施したものが、とてもしゃれていると思うんです」

耳慣れない言葉が、朝子をめがけて襲ってくる。朝子はそれよりもスケッチに集中しようと思った。しかしそれは、見れば見るほど違和感がつのる。

「あの、申し上げてもよろしいかしら」

「もちろんですとも」

大和田の顔に、子どもをあやすような微笑がうかぶのを朝子は見逃さなかった。

「この設計、とても素敵だと思うんですけれども、私がイメージしているものと、ちょっと違うんですね」

「と、いいますと」

「この円柱が、とっても仰々しくて好きになれません、わたくしどものところは田舎ですから、扉を開けてこんなものが立っていると、お客さんはめんくらってしまうわ。もちろんユニークな建物で客を呼ぶっていう考え方もあるでしょうけれども、私はあえて建築雑誌に出るような店じゃなくてもいいと思っているんです」

大和田も根岸も鼻白んだのはすぐにわかった。けれども朝子は構わず続ける。

「私が言ったクラシカルでいてモダンっていうことを、今もうまく表現出来ないのは残念なんですけれども、なんていうのかしら、もっと落ち着ける店にしたいんです。出来たら、この厨房《ちゅうぼう》面積ももっと拡げてくださって結構です。店が狭くなった分、こぢんまりとした雰囲気が出るといいなあって思ったりするんですけれども」

ここでもう一度朝子は、二人の男の顔を見た。

「私、生意気なことを言ったでしょうか」

「いいえ、そんなことはありませんよ」

大和田はゆっくりと手をふった。

「これはあくまでも叩《たた》き台ですから。ここからいろんなことを話し合って、いい方向へ持っていく。他の方々もそうですから、気になさらないでください」

「私もお店を持つのは初めてで、全くの素人ですけれども、こういうものをつくりたいっていうイメージはあるんですね。いいえ、初めてだからわがまま言っても、自分の思うとおりのものをつくりたいんです」

「わかりますよ」

大和田の顔から、あやすような調子が消え、何度も穏やかに頷《うなず》いた。

「どしどし意見を言ってくださいよ。こういうものは無理だ、と思う時には僕たち専門家がはっきりとそう言いますから……」

　そんなことを語る彼を、根岸がいささか意外そうに見ていた。

　それから三人は、小一時間さまざまなことを喋《しゃべ》り合った。

「私、この円柱はなくしていただきたいけれど、これに代わる魅力的なものはやっぱり欲しいような気がするんです」

「なるほど、じゃ、アーチをつくるっていう手もあるな」

「アーチって何ですか」

たとえばこういうふうにと、大和田は無造作に線をひく。壁が円型をおびてくり抜かれたかたちだ。

「これならば、香山さんのおっしゃる、落ち着いてこぢんまりした感じが出るんじゃないかなあ」

　そして根岸君と彼の名を呼んだ。

「ほら、このあいだの防災センターの写真を持ってきて」

　はいと立ち上がった。

「このあいだ完成したばかりの建物で、アーチをつかったやつがあるんですよ。それをお見せしましょう」

　その後、ほんのわずかだが彼は声を落とした。

「夕食はもちろん、空けていただいているんでしょうね」

「ええ、もちろん」

「もちろん」は本当に余計だった。いかにも待ち構えていたようではないか。「他に用事が」「先約があるんです」。朝子は全く別の言葉を次々と思いうかべたが口にはしなかった。そんな嘘を、大和田はすぐに見破ってしまうに違いない。

「ちょっと遠いですけれども、代沢《だいざわ》にしゃれた店が出来たんです。雰囲気や規模は、おそらくあなたの意図しているものと同じだと思います。おまけに……」

かすかに笑った。

「とても綺麗な女性オーナーがやっている。あなたのところと同じだ」

あなたと同じ綺麗な女性オーナーがいると大和田が言った時、朝子は唾《つば》のようにこみ上げてくる不快さを、どうすることも出来なかった。

そうした類《たぐい》のことをたやすく口にする男への幻滅なのか、それとも単純な嫉妬《しっと》なのかよくわからない。

「今日はこのまま帰ります」

きっぱり言うことが出来たら、どれほどよいだろうか。しかし朝子は大和田の誘いに黙って頷いている。

何日も前から楽しみにしていたという事実が朝子を従順にしていた。一瞬のプライドのために、大和田との夕食をふいにする勇気はなかった。このまま最終の新幹線で帰るか、ひとりでホテルの夕食をとるしかない。そのみじめさと、今の不愉快さとのどちらを選ぶかといえば、秤《はかり》の上でみじめさがぐっと重くなる。

大和田は事務所からタクシーを呼ばせた。

「あの、根岸さんはお誘いしなくてもよろしいんですか」

朝子は尋ねた。事務所を出る時、所員たちに見透かされているような気がするのだ。

「所員は打ち合わせまでにしておきます。施主と食事をするのに、いちいち呼んでいたらきりがありませんから」

セシュという言葉が朝子の耳を射る。なんと冷たい言葉なのだろうか。たくさんの人間はそれによってひとくくりにされ、ただののっぺらぼうになってしまう。

タクシーの中で朝子は唇を噛《か》んだ。ひとりの男によって、これほど心が揺らされてしまうことが口惜しい。

ひき寄せたと思うと、次は事務的な態度に出る、それが大和田のやり方だとわかりかけてきたのに、どうして泰然としていられないのか。

「どうしたんですか、むっとしたような顔をして」

大和田が自分の横顔を見つめているのがわかる。夜でよかったとふと思う。真昼ならばこの頃気になっている頬のかすかなたるみや皺《しわ》は、容赦なく浮かび上がってしまうはずだ。通りすぎるヘッドライトと薄闇は、女を綺麗《きれい》に浮かび上がらせているだろう。

正面を向いたまま言った。

「何でもありません。今日、早く家を出てきたんで、ちょっと疲れているのかもしれませんわ」

「あなたって人は、時々急に不機嫌になるんだよね」

施主と言ったわずか十分後に、大和田は意味ありげに〝あなた〟と呼びかける。朝子はそれも許せない気がした。男に逆らってみたくなる。

「打ち合わせをいろいろした後ですもの、えらい建築家相手に文句をつけるんですからね」

「いやあ、見直しましたよ」

何を思い出したのか、大和田は笑いを含んだ声になる。

「根岸もびっくりしたでしょう。あなたっていう人が、あんなにずばずば言うとは思わなかった」

「いけなかったでしょうか」

急に不安にかられ、大和田の方に顔を向ける。彼の視線は強くまっすぐで、今までこんなふうに見つめられていたのかと恥じらいがこみ上げてきた。

「いやあ、そんなことありませんよ。今までおとなしい奥さんと思っていたところがある。だけどそんなはずはありませんよね。女ひとりの力で店を出そうとする人だ。自分の意見や好みは当然はっきりしているでしょう。言っていることも的確と言わないまでも納得できる」

「あら、随分なおっしゃり方ね」

「これは本当です。よく仲間と話すんですが、施主の中でも奥さん連中というのがいちばん困るっていうのは間違いがない。それも働いた経験のない、金持ちの奥さんというのがとにかく困る。お金と実権を握っているんですが、話すことに、とにかく現実感が無いんですよ」

「働いている女ならいいんですか」

「すべてがすべてとはいいませんがね、ポイントはつかんでいますよ。他のものは我慢してもキッチンは広く使いやすくしてくれとか、掃除に手間をかけられないから、収納を多くしてくれとか要求は多いですが、決まると話は早い。ですけれども……」

大和田はかすかに苦笑する。

「玄関はとにかく吹き抜けにしてくれ、だけど二階はゆったり三間とってなんて、平気で言い出すのが金持ちの奥さんですね。こういう人に限って、雑誌のグラビアなんか実によく切り抜いて研究してある。ですけれどもそれがみんなあちらの豪邸なんです。吹き抜けにしてビバリーヒルズ風にして、しかも主人が好きだから、カラオケのステージもつくって……」

朝子も思わず笑った。

「この敷地じゃ無理ですよって言っても、引き退《さ》がらない人がいます。吹き抜けの家に住むのが昔からの夢だったってね」

「そういう時はどうなさるんですか」

「もちろん話し合って妥協案を見つけるようにします。うちの若い所員の中には、住宅をやりたくない、なんて言い出す者がいて、僕はいつも叱るんですよね。住宅ぐらいおもしろいものはない。向こうの意見や好みという制約の中で、どうやったら自分らしさが出せるかという仕事ですから。この延長に公共施設ものやショッピングセンターという建物があるんだと、いつも言いきかせるけれども、いまひとつピンとこないようです。でもまあ、そのうちにわかってくるでしょうが」

三

ヘッドライトがいくつかのビルを浮かび上がらせる。住宅地の中のそれはどれも小さい。瀟洒《しょうしゃ》な設計のものもあったし、ただ四角いだけのものもある。

小さな公園の前で、大和田は車を止めた。三階建てのビルの一階は、ブティックになっている。洋服の他に、アクセサリーやバッグも売っていて、それらを飾ったウインドーが美しい。

中に店員はもう居ないが、夜でも眺められるように、やさしい光のライトがあたっていた。その二階の長方形の窓に、いくつかの人影が見える。

「春になると、この公園の桜がちょうど窓いっぱいに見えるように設計されているんですよ」

主語を言わなくても、それはこれから行くレストランのことを指しているのがわかる。もれる橙色《だいだいいろ》のあかりは、いかにも暖かそうで、食べ物屋らしい色だった。

「窓を大きくして外光をたっぷり採っていますから、こういう場所には向いているんじゃないですかね。ランチを食べにやってくる奥さん連中が入りやすいですから」

そういうものかと朝子は頷《うなず》く。

扉を開けた。考えていたよりも、ずっと細長い店だ。ことさら目をひく意匠があるわけではないが、片面ずっと続く窓が印象に残る。春は桜、夏は若葉、秋は紅葉と、シルクスクリーンのように木々が彩っていく趣向だ。

だがよく見ると、ところどころ凝っていて、いま立っている床は寄せ木づくりだ。カウンターもおそらく人工ではない本物の大理石に違いない。

このところインテリアの本を山のように読んでいる朝子は、そういう細かいところにも気がつく。

「まあ、大和田さん、いらっしゃい」

華やかな声が近寄ってきた。黒いドレスを着て客商売に徹しようとしているが、彼女の豊満なからだや、大きな目鼻立ちはそれを裏切るように活気づいていた。

「こちらオーナーの井上洋子《いのうえようこ》さんです」

「よろしくお願いしますわ」

女がにっこり笑うと、長い小皺《こじわ》が目のまわりいっぱいに生まれた。しかしそれも、彼女の目の大きさをひきたてるようだ。

五十代はじめといったところだろうか。まるで白人のような派手な顔立ちをしているために、年齢が有利に働いているようだ。強すぎるものを、皺やたるみが優しくなだめているようで、それが今とてもいい加減になっている。

若い時は、少しアクがあったかもしれないが、現在は魅力的な美人に仕上がっている。そんな感じの女だった。

「大和田さん、このところ、少しもお見えにならないで、私どもちょっと心配していたんですのよ」

洋子の言い方や態度は節度あるものだったので、朝子は嫉妬《しっと》や疑心といったものが起こらない。にっこり笑ってコートを預けることが出来た。

「香山朝子さんです。今度レストランをおつくりになるんで、僕が仕事をやらせていただいているんですよ」

朝子はあわてた、これではまるで偵察に来ているようではないか。

「レストランっていいましてもね、M市のはずれなんです。あんな田舎で何も出来ないとは思いますが、まあ、何とかやってみようと準備をしてるんです……」

「まあ、そうですの」

洋子はいかにも如才なく、驚いたように大きく目を見開いた。

「それはそれは、いろいろ大変でらっしゃいますでしょう。でも大和田さんにお願いすれば大丈夫ですわよ。大和田先生は素晴らしい建築家でいらっしゃいますもの」

「おや、おや、やけに持ち上げてくれるじゃないですか。この店の設計はやらしてくれなかった癖に」

「嫌ですわ、ここが出来たから、大和田さんはいらっしゃるようになったんでしょう。店をつくる頃は、存じ上げなかったんですから仕方ないわ」

軽く睨むようにする。殊勝にすましているよりも、こういう表情の方が、はるかに洋子には似合った。

朝子が洋子を見ている視線に、大和田は何かを感じたのだろうか。とりなすように軽い冗談をやめた。

「とにかく井上さん、いろいろ教えてあげてください。今夜僕は、あなたにとてもいいお手本を見せましょうと言って、香山さんをお連れしたんですから」

「嫌ですわ、私に教えることなんか出来るはずがありませんわ」

「いや、いや、香山さんも女ひとりで、お店を始められるんですから」

「と、言いますと」

洋子は次の言葉をためらった。これ以上喋《しゃべ》ると、不吉な単語や、失礼な名称が出てくるからだ。

「いや、ご主人はちゃんといらっしゃるんだけれども、本業でお忙しい。だからひとりで頑張っているわけです」

「それなら、よろしいわ」

洋子は安心したように、にっこりと笑った。

「私なんか、未亡人で子どもを抱えてからのスタートでしたもの」

ウエーターが食前酒を運んできたのをきっかけに、洋子はテーブルを離れた。いつまでもぐずぐずと、身の上ばなしをするのを避けているようだ。

「あの、今の話、本当なんですか」

「えっ、何がですか」

「今の綺《き》麗《れい》なオーナー、本当に未亡人なんですか」

「そうですけれど、格段珍しい話でもないでしょう。未亡人なんか世間にざらにいるし、多少の金とやる気を持っている人は、こうして店を始めることも多い」

「そういうんじゃなくて、あんなに色っぽい女性が、ずうっと一人でいらっしゃるの、不思議だなあと思って」

「僕は彼女のプライベートのことまで知りませんがね」

大和田はなめるようにしてシェリーを口にした。

「あれだけ瑞々《みずみず》しいんですから、恋人の一人や二人はいるでしょう。ですけれど、今さら結婚なんて馬鹿馬鹿しくて出来ないんじゃないですか」

「馬鹿馬鹿しい？」

「そりゃ、そうですよ。お金もあって仕事もおもしろい。子どももちゃんといたら、どうして結婚しなくてはならないんですか」

「まるで女性雑誌に出てくる女の人のようなことをおっしゃる。いくら進んだ女性だって、そう割り切れるもんじゃないんじゃないかしら」

「そうですかねえ、僕が女だったら、めんどうくさくなくていいと思うんですけれどもね」

「いいえ、女の人って、とっても複雑だと思うわ。恋人では埋められない淋《さび》しさもあると思うし、あの方だって、ある日突然、結婚するかもしれない」

オードブルが運ばれてきた。大和田は半ダースの牡蠣《かき》、朝子は白身魚のテリーヌをオーダーしていた。この店は金額別に三つのコースがある。オードブル、魚、肉料理は二種類で、そのどちらかを選ぶようになっていた。

「このやり方はとってもいいと思いません？　うちでもやってみようかしら」

朝子はすばやく手帳にメモをした。

「随分、勉強熱心なんですな」

「ご免なさい。食事中に無粋なことをして。私は忘れっぽいから、気づいたことをとにかく書きつけるんです。後でゆっくり考えようと思って。大きなレストランならちょっと野暮かもしれませんけれど、ね、こういう風にコースにすると、私がつくるような小さなところなら、家庭的な味が出ますわ。なによりも、材料が無駄にならずに済みますもの」

「なるほどね」

大和田は格別興味なさそうに、牡蠣の殻をガリリとフォークでひっかいた。

「なんて痩《や》せた牡蠣なんだろう、やっぱり春が近いせいなんだろうか……」

「よろしかったら、こちらのテリーヌ、召し上がりませんか、このピンク色のソース、苺《いちご》のソースなんですよ。しゃれているわ」

「ああ、そうですか、いただきましょう」

大和田は、朝子の皿に手を伸ばし、無造作にナイフで三分の一ほど切り取る。

朝子は一瞬たじろいだ。男を自分の皿に侵入させるというのは、夫とでもあまりなかった。それなのになぜ、大和田にはこれほどたやすく許してしまったのだろうか。

「僕はあなたが上京するたびに、いつも考えてしまうんですよ」

突然言った。

「次はどんな店にお連れしようかって。出来るなら、流行《はや》っている店や、話題になっている店で、いろいろ勉強してもらいたいと思ったりするんですよ」

「まあ、ありがとうございます」

しばらく沈黙があった。大和田は何かを始めようとする時、いつも唐突だ。朝子はそれを、自分への軽い侮辱だと考えたりする時がある。

人目もあるこんなレストランで「あなたのことを考えている」と男は言う。しかも牡蠣の汁を吸いながらだ。

「本当に、僕は単に建築をやらせてもらっている以上に、あなたのお役にたちたいって、いつも思っているんですよ」

「本当にありがとうございます」

間の抜けた返事ばかりしているが仕方ない、この場は〝儀礼〟という盾で、自分のプライドを守らなければならなかった。

「何を怒っているんですか」

いらいらしたように大和田は言った。

「僕の言うことを、うわの空で聞いているんじゃありませんか」

「そんなことありませんよ」

「だいたいあなたっていう人は、とてもずるいんじゃありませんか、人の心をもてあそんで、いざとなると、突き放すようなことばかりしている」

「まあ」

朝子の胸の中に、途方もなく大きくて純粋な喜びがわく。意味もない親切心よりも、こうしてなぶられる方が、はるかに快いというものだ。

しかし、その喜びをあらわにすることは、朝子には出来ない。二人きりならいざ知らず、すぐ後ろのテーブルにも、中年の男が二人と女が一人座っている。

どうしてこんなところで、女が目を輝やかせ「嬉《うれ》しい」などと言うことが出来るだろう。

ちょうどそこへ、洋子がやってきた。

「いかがでした。お口にあいましたかしら」

「ひどい牡蠣だったよ」

大和田は常連客にだけ許されるわがままで、小さく叫んだ。

「まるで女子中学生みたいなやつでさあ。ただ細いばっかりで、ぷるるんとも震えない。あんなんじゃ食べた気がしないよ」

「ごめんなさいね。もうそろそろ、シーズンも終わりだと思うせいか、注文するお客さまが多いの。だから、ついメニューに入れてしまったんですけれども」

「ここのオーナーみたいに、豊満なやつを出してよ」

「ほほほほ……」

洋子は楽しそうに笑った。

「そうね、私ぐらいになってしまうと、今度は太りすぎて、不味《まず》いっていう方もいますわ。牡蠣はほどほどに身がいっているのが、よろしいんじゃありませんかしら」

「お、意味深な発言ですね」

大和田が非常に軽薄な声をあげる。

「そういうセリフは、年季が入った女性じゃないと言えませんね」

「年季が入っているかどうかは別にして、年はいってますわ。〝年の功〟というところかしら」

「全く〝洋子語録〟といって、あなたの言った、減らず口や皮肉は、残らず記録したいところだよ、憎らしいんだから」

「大和田さんのような意地悪なお客さまには、口で立ち向かっていきませんとね」

二人の軽口をぼんやりと聞いていた朝子は、自分の名前が突然出たので、びくっと身構えた。

「この香山さんが、洋子さんのことを聞くんですよ。あの人、本当にまじめな未亡人かしらってね」

「ま、嫌だわ、大和田さん、私、そんな」

「まあ、不まじめな風に見えますかしら、光栄だわ」

必死で抗議する朝子を制するように、洋子は婉然《えんぜん》と微笑む。

「僕は言ってやったんですよね。もちろん男のひとりや二人はいるだろうって。もう結婚なんか、馬鹿馬鹿しくて出来ないだろうって、そうしたら、この人」

「大和田さん、もうやめてください」

「香山さんは、女は複雑なものだから、結婚しないでまるっきり平気なわけないって言うんですよ。どんなにお金と恋人に不自由していなくても、結婚したい時があるって」

「そうね、それはあたっているかもしれないわね」

朝子は顔を上げた。洋子がひどくぞんざいにその言葉を口にしたからだ。

「本当にどなたかいい方がいたら、紹介していただきたいわ」

しかし洋子は、すばやく先ほどまでの洋子に戻り、再び大きく微笑んだ。

「相手の方は出来たらお金持ちがいいわ。もう働かなくて済むような人。そうしたら、どんなに楽でしょうね」

最後は朝子に向かって言った。

「本当に、ご主人がいるに越したことはないわ。私なんかそれまで普通の主婦だったのに、突然後に残されてしまいましたでしょう。手元には二人の子どもとお店が一軒、全く途方に暮れてしまいましたわ。なんとかがむしゃらにやってきて、ここまで来ましたけれど、ご主人がちゃんといらして、そしてご自分で仕事を始めようなんていう方は、羨《うらや》ましくて仕方ありません」

「だけど一人だから、ここまで出来たっていうことはあるじゃありませんか。洋子さんはね、世田谷《せたがや》にあと三軒、しゃぶしゃぶとか、イタリアンレストランの店を持っているんですよ」

「嫌ね、大和田さん、それはあくまでも結果論よ。私は決して、商売に向いている女ではありませんもの」

洋子は、それではごゆっくりと頭を下げた。後ろ向きになった彼女の腰のあたりは、豊かな肉が、少しずつ崩れていくちょうど寸前だ。

四

「失礼だったんじゃありません。あんなに不躾《ぶしつけ》に、いろんなことを言って」

「いや、彼女は慣れていますよ。未亡人だから客の好奇心にあうことは、ちゃんと覚悟もしているし、計算しています。そうでなきゃ、四軒の店のオーナーにはなれませんよ」

舌びらめのムニエルが運ばれてきた。朝子はすうっとナイフを入れて、骨をとり除きながら言葉を探していた。

大和田がどうしてこの店に連れてきたか、次第にわかってきた。個性的な女主人を見せて、それなりに教育しようとするつもりなのだろう。

しかし、彼のしていることは、すべてちぐはぐだ。洋子と朝子という二人の女を挑発しようとしているのだが、朝子の心は、別のことを発見してしまう。こうして眺める大和田は、もの慣れた、いかにも都会の男だ。そしてそれは軽く小綺麗《こぎれい》で、朝子のいる場所からは遠いところにいる。

「どうしたんですか」

けれどもそれは魅惑に満ちていないこともない。いま問いかけるようにこちらを見る男の衿元《えりもと》は、ワインのためにわずかにだらしなくなっている。そしてそれは、このうえなく優しく見えた。

「いえ、とてもおいしいと思って……」

朝子はとたんにぎこちなくなった自分を意識した。

「そうでしょう。洋子さんのすごいところはね、これぞと思ったコックは、ちゃんと引き抜いてくるところですね。確か、いまいるのは麻布の『プランタン』で、セカンドまでいったシェフじゃないかな」

朝子はその店に二度ほど行ったことがある。昭和三十年代につくられたというから、フランス料理の世界では、かなりの老舗《しにせ》になるだろう。やや味と格式が落ち、新興の店に抜かれつつあるという人もいるが、一流店には変わりがない。

「値段は青山や麻布のようにとれるわけない。トリュフやキャビアといったものを、ふんだんに使えるわけもない。けれどもこのあたりの住民は、ちゃんとうまいものを知っている人たちです。洋子さんはね、ちゃんとそのあたりの兼ね合いがわかっている人なんですよ。つまり〝リーズナブル〟っていうのが、どういうことかね」

朝子は頷《うなず》いた。くだらない言葉も山のように発するが、大和田は的確に、朝子の欲しいアドバイスを与えることが出来る人間だ。

「こうした住宅地で、フランス料理を食べに来る人がどういう人たちか、洋子さんはさんざん考えたでしょうね。そして運がよかったことに、時代っていうものも味方してくれた。ありきたりの都心の店じゃなくて、こうして車をとばして住宅地の中にある隠れ家のような店に行く。そういうことがおしゃれだといわれるようになってきたんですよ」

「僕はあなたを見ていると、とても不安になるんですよ」

男は哀し気でいて強い視線を朝子にあてる。

「あなたはもちろん、とてもしっかりしたところがあるけれど、どうもいろいろなところが危なっかしいんです。僕は今までにも何回か店舗をやったことがあります。社運を賭《か》けたというレストランやパブのアンテナ・ショップを手がけたこともある。けれども、こんなに心配になったことはない。ちゃんと経営していけるんだろうか、客商売をするというのはどういうことかわかっているんだろうかって、こんなにはらはらするのは初めてなんですよ」

「本当に申しわけありません」

朝子は軽く頭を下げた。さっき運ばれてきたコーヒーは、乳白色のカップの中でゆっくりと冷め始めている。

「私が素人のうえに不勉強で、大和田さんにはさぞかしご迷惑をかけていると思いますわ。でも建築費やいろんなことで、大和田さんが心配なさるようなことは絶対にありませんから……」

「僕はそんなことを言ってるんじゃありませんよ」

彼の声はあきらかに怒気を含んでいるので、朝子はたまらなく嬉《うれ》しくなる。ほんの少し工夫すれば、自分もこうして、相手をいたぶることが出来るのだ。

「僕はただ、僕に出来ることを、もっとあなたにしてあげたいと思っているだけなんです。経営上のちゃんとした相談相手もいないようだし……」

「そんなことはありませんわ。前にお話ししたと思いますけれど、うちの方で大きなレストランをやっていらした方が、いろいろめんどうを見てくださることになっています」

「確か、かなりの年寄りだったはずでしょう。そんな爺《じい》さんに何がわかるんでしょうかね」

「いいんですよ。うちの店はたぶん年配の方が多くなると思いますの。東京みたいなわけにはいきません。だからお爺さんのアドバイスでもいいんです」

「あなたって、本当に嫌な人だな」

大和田は朝子を睨《にら》みつけた。

「とにかく、ここを出ましょう。そうでないと僕は怒鳴ってしまいそうですよ」

「それは怖いわ」

二人が立ち上がったとたん、洋子が近寄ってきた。

「あら、もっとゆっくりなさってくださればいいのに、いまおいしいカルバドスでもお持ちしようと思っていたんですよ」

「いや、香山さんをもうホテルまでお送りしなくてはなりませんからね」

「そうですよね。大切なよその奥さまを、いつまでも夜遊びさせていくわけにはいかないわ」

洋子の言葉にこれといった意図はなさそうだった。

五

風は驚くほど冷たくなっていた。タクシーで降りたのは二時間ほど前だが、かすかにたそがれの匂いを含んでいた闇は、いま完璧《かんぺき》に夜のものとなっている。

車のざわめきもずっと遠ざかっているようだ。

「少し戻った交差点のところで、車を拾いましょう」

大和田は公園を横切ろうと歩き出した。公園といっても、住宅地の中にある小さなものので、あちら側の木の隙間から、いくつかのヘッドライトが見える。その光に向かって、大和田はなぜか大股《おおまた》で歩く。朝子は少し小走りにならなければならなかった。

「ちょっといただきすぎたせいかしら、お腹がいっぱいで息が切れてしまいます」

大和田は振り返った。先ほどからの不機嫌が続いていることは、ぎゅっと閉じられた唇があらわしていた。

何か謝罪の言葉を口にしなくてはいけないだろうか。

地面に視線を落としたら、男の靴の爪先《つまさき》が見えた。これほど近い距離に、いつなったのだろうかと思った瞬間、朝子は抱きすくめられた。

男の唇は少し乾いていたが、その奥の舌は熱くぬめりを持っていた。やわらかい舌が、朝子の固く合わさった歯をこじあけ、その内部を探ろうとした。

「あ」

朝子は声をあげたが、それは深いため息のようになった。

「朝子さん」

やがて顔を離した大和田は問うてくる。こんな時の男がみんなそうであるように、低いかすれた声だった。

「朝子さん、僕の気持ちは、ずっと前から分かっていたでしょう」

朝子は頷く。どこか違っているような気もするが、いま明白となったものを捨てたくないと思った。

「うん、うん」

大和田は満足そうに朝子の肩を叩《たた》く。それはまるで得点を入れたサッカー選手と、その監督のようだ。よくやった。お前は俺の言ったとおりにやってくれた……。

「車がつかまるといいが」

大和田は朝子の肩を抱いたまま歩き始めた。

「さてと……」

車が通り過ぎる通りに出て、大和田は照れているようだ。朝子の顔を見ず、正面を向いて言った。

「あなたのホテルでいいですね」

のだ。

「ええ、お願いします」

朝子はかすかな失望を、相手に悟られまいとした。

初めてくちづけをかわしたのだ。その後、もう少し劇的な展開があってもいいと思うのだが、大和田は何事もなかったかのように、朝子の泊まっているホテルに送るというのだ。

タクシーはたやすく拾うことが出来た。個人タクシーと表示している車が、ゆっくりとこちらに向かってくる。その時、大和田はすばやく言った。

「本当にあなたのところでいいでしょうか。それとも僕が別のところをとった方がいいんだろうか……」

朝子のすべての血液が、いちどきに頰のあたりに上がってきたようだ。さっき大和田の言った意味がわかった。

あなたのホテルへ送ればよいのですね、と彼は言ったのではなく、あなたのホテルで共に過ごしてもいいのですねと、大和田は聞いているのだ。

それは衝撃といってもいいほどの強さで、朝子の心を圧迫する。さっき、ちらっとそんなことを思った自分の心を見透かされたようだ。

大和田に抱かれることを、ぼんやりと想像したことがある。そして、その想像はもはや願いと同じ意味を持っている。けれども願うことと、実際それが行われるということとはまるで違う。

タクシーに乗り込んだ時から、大和田は朝子の左手をしっかりと握っている。男の手はほんの少し湿っていて温かい。掌《てのひら》でいとおしそうに、朝子の指をこするようにする。それはとても快い。

この後、一時間後かに、さらに快いことが待ち受けているはずだった。それに朝子は素直に身をゆだねればいいのかもしれない。

しかし、この動揺の激しさはどうだろう。まるで犯罪を起こそうとする直前のようだ。いや、自分は確かに罪を犯そうとしているのだろう。

罪、罪だって、好きな男に抱かれることがどうして罪になるのだろうか。自分は浮気な女とは違う。初めて会ってからもう四ヵ月近く、大切に育ててきた気持ちではないか。この男のために泣いたこともある。心がわからずに焦《じ》れて焦れて、つらい夜をすごしたこともある。

今夜のことは、そうした思いをした朝子に対する褒章のようなものではないだろうか。それにしても胸はまだ音をたてている。怖い。そう、その表現がぴったりだ。

哲生の顔が不意に浮かんだ。姑《しゅうとめ》の顔、香泉堂の入り口正面、そして湖のまわりを走る朝子の大好きな道……。

もしかすると、自分はああしたものをいちどに失ってしまうのではないだろうか。

「いいや」と、朝子の別の声がささやく。

お前はなんて臆病者《おくびょう》なんだろう。こんなこと黙っていればわからないじゃないの。知られないことは罪にならないのだから。こっそりとこの素敵な男に抱かれ、後はこっそりと口をぬぐっていればいいのだから。

朝子はそんな自分に啞然《あぜん》とする。ワイドショーや週刊誌、新聞の三面記事でさんざん見聞きした、そういう女のひとりと同じではないか。

六

ホテルの玄関が見えてきた。昼間はいるドアマンが夜は姿を見せない。朝子はそのことに少しほっとする。

「どうしましょうか」

タクシーの金を払い終わった大和田が、すうっと身を寄せてきた。

「少しバーで飲みますか。でもここはあなたの常宿だから、目立つことをしない方がいいのかもしれない」

「…………」

「よかったら、先に部屋に行ってくれませんか。しばらくして館内電話をかけてから僕は行きますから」

大和田の手際のよさは、朝子を大層傷つける。おそらく彼は、こうした逢瀬《おうせ》をもう何度も経験しているに違いない。

大和田に抱かれるということは、朝子の中で淡いパステルで描かれた抽象画だった。それが大和田の段取りのスムーズさで、次第に具象画のかたちをとり始める。朝子の迷いはもはや決定的なものとなった。

「あの、私……」

こういう時、女は何といったらいいのだろう。しかも困ったことに朝子は、大和田を怒らせたくはないのだ。

「私は、ご存じのように夫がおりますから」

世にも陳腐な言葉が出た。大和田もさすがに息をのんだが早口で言った。

「だけど好きだから仕方ないじゃありませんか。僕はもう自分の気持ちを抑えることが出来ないんですよ」

彼の言葉も非常に凡庸なものであった。

「あの、私も好きです。でも困ります、本当に困るんです」

朝子はいつのまにか後ずさりしていた。ちょうど回転ドアが開き、大柄な白人の男が出てきた。彼の肩と、後ろ向きの朝子の肩とがぶつかる。

「ソーリー」

男は一応謝ったものの、朝子をけげんそうな顔で見る。その隙に朝子は回転ドアの中に走り込んだ。

フロントの前を小走りで歩く。

「香山さま、お帰りなさいませ」

顔なじみとなったフロントの男が、やたら嬉《うれ》し気に声をかける。もし大和田と一緒だったら彼はどんな顔をしただろう。ちらっとそう思った。

「メッセージが届いております」

折り畳み式の封筒をキーごとつかんで、朝子は大股《おおまた》に歩き出す。何かに追われるようにエレベーターのボタンを押した。

それはあっけないほど早く開いた。ふりかえる。ロビーはさっき着いたらしい白人の団体客がたむろしている。大和田の姿は見えない。

朝子は一瞬とり返しのつかないことをしたような気分になった。ゆっくりと8という数字を押した。扉はとても早く閉まる。

その間に大和田が駆け寄ってくる姿を想像したが、そこにはやはり誰も来なかった。

部屋に戻り、後ろ手で鍵《かぎ》を閉めた。何のへんてつもないツインの部屋だ。このホテルはシングルの部屋もあるが、常連の朝子は同じ料金でツインをとってくれる。ドアに近いベッドの上には、出て行く時に着替えたジャケットが投げ出されたままだ。よほど急いでいたのだろう。普段こんなことをしたことがない。

ハンガーにかける。大和田にこれを見られないでよかったという思いを、そのまま後悔していないという思いに重ねようとしたが、それはうまくいかなかった。

たった今起こったことは、ふわふわとした夢のようでまるで現実感がない。その現実感のないまま、どうして彼をこの部屋に入れなかったのだろうという考えが、朝子の中に起こる。

夢の中で起こったことは罪にならないように、これほどうつつになった心と体が、どれほど強烈な記憶を残せるというのだろう。

夢のように彼に抱かれ、そして夢のように彼と別れることは可能だったのではないだろうか。それなのに自分は、彼をはっきりと振り払ってしまったのだ。こういうことを、そう、野暮というのではないだろうか。

大和田は自分のことを、やはり田舎の、野暮な女だと思ったに違いない。そのことを考えると死ぬほど恥ずかしく、また羞恥《しゅうち》という感情はやはり後悔なのだ。

その時、ベッドの傍らの電話が鳴った。朝子の心の中に希望が拡がる。大和田からだ。

「もしもし」

このうえなくやさしい声を出したが、かえって来たのは無表情な女の声だった。

「石川さまという方から、電話が入っておりますがおつなぎしてもよろしいでしょうか」

「どうぞ」

文恵を半ば憎んだ。こんな夜遅く東京のホテルまでかけてきて、いったい何の用があるというのだ。

「もしもし、朝子さん、私よ」

「どうしたの、電話かけてきたりして」

「あら、メッセージを読んでくれなかった。さっきフロントの人に頼んだけれど」

テーブルの上に、キーといっしょに紙片が置かれていた。きつく握りしめてきたので、くちゃくちゃになっている。すっかり忘れていた。拡げてみると「石川さまよりお電話がございました、十時過ぎにもう一度ご連絡するとのことです」

と書かれていた。

「あのね、うちの主人が講演会のスポンサーになってもいいって言い出したのよ。うちだけで問題があるんだったら、朝子さんのご主人にも声をかけて、五、六社で後援したらどうかって、そしてね、もう亭主たちは引っ込んで、女房たちのすることには文句は言わない。つまり金は出すけど、口は出さないってことに徹してくれるっていうわけよ」

「…………」

「ね、結構いい条件でしょう。うちのパパたちにしちゃ、しゃれたことするわよね。その代わり、絶対に口は出さないで欲しい、来賓席ぐらいは用意するけれど、それ以外のことは全部『みずうみ会』でさせてもらうって、私、念を押したわ」

「文恵さん、悪いけれど……」

朝子はいつまでも続く相手の饒舌《じょうぜつ》をやっと遮ることが出来た。

「私、なんだか頭が痛いのよ」

「あら、大変。私も東京へ行くと、時々そうなるのよ。きっと空気が悪いせいじゃないかしら。ねえ、ちゃんとお薬飲んだ。フロントに電話をすれば持ってきてくれるわよ」

「大丈夫、ただの風邪よ。ひと晩寝れば治ると思うの」

ようやく電話を切り、何かのはずみのように受話器を置いた。本当に手から力がなくなっていた。

一分もしないうちに、もう一度電話は鳴る。期待はまだ消えていなかったが、交換手にまで愛想をふりまくことはない。

「もしもし」

投げやりに声を出したら、いきなり男の声がした。

「僕ですよ、ひどいじゃありませんか」

「あ」

交換を通さないということは、おそらく館内電話だ。大和田はどうやらホテルのロビーから電話をしているらしい。かすかなざわめきは、さっきの外人の団体客のものだ。

こんなふうに冷静な判断が出来る自分がとても不思議だと思う。男はまだあきらめず、こうして朝子に許しを乞《こ》うているのだ。

勝者の立場にいる場合だけ、朝子には時々、静けさがやってくる。驚きよりも、こうなるのは予想出来たという驕《おご》りで、朝子はほとんど幸福になった。

「あなたはやっぱり、僕の気持ちをもてあそんでいるんですね。ずうっと引き寄せておいて、いざとなるとつきとばす、っていうのが、あなたのいつものやり方ですか」

大和田に怒りは似合わない、どこか芝居じみたところがあると朝子は思った。

「いつものやり方なんて、人聞きの悪いことをおっしゃらないでください。私がそんなふうな女に見えるのかしら」

電話のやりとりにかけたら、女の方がずっと有利だ。朝子は余裕をもって、投げかけられた言葉をすばやく払いのける。

「いや、失礼、僕が言い過ぎました。とにかくそっちへ行ってもいいでしょうか。そしてゆっくり話をしませんか」

「そんな。ここへお通しするわけにはいきません」

「だったらバーの方で会いませんか。たぶん最上階が遅くまでやっているはずですよ」

「もう私、寝巻きに着替えてしまいました」

「嘘でしょう。あなたが部屋に行ってから、まだ十五分やそこいらです。おまけにいま電話をしたらお話し中だった」

「ずうっと誰かと話をしていたあなたが、どうして着替えたり出来るんですか」

「着替えていなくても――」

朝子は言った。

「あなたとは会えません」

「どうしてですか。その部屋へ行こうと言っているわけじゃない。ちょっとバーで飲みませんかと言ってるんですよ。それもあなたは拒否するんですか」

朝子は途方にくれる。このままバーに行けば、さらに執拗《しつよう》な男の口説きを聞くことになるだろう。そうかといって行かなければ、大和田の怒りを買うことになるのは目に見えている。

やっと自分の気持ちがわかった。朝子がいちばん怖れていることは、大和田とこれきりになることなのだ。もちろん施主と建築家という関係は残るだろうが、それは大雑把で事務的なものになるはずだ。

朝子の好きだった、甘やかなにおいは消えてしまうに違いない。さらに進んだものを心の中で激しく望みながら、朝子は危うい、中途半端なそれまでの関係を楽しんでいたような気がする。

大和田が性急すぎるのだ——。

唐突に相手に対して、小さな怒りさえわいた。いっそこう言ってみようか。

「私を大切に思ってくださるのなら、もう少し待っていてくださってもいいんじゃないかしら」

しかしこの言葉は、十八歳の生娘ならいざしらず、三十過ぎの人妻には似つかわしくなかった。そこで朝子は非常に狡猾《こうかつ》な手段をとることにした。

「私、大和田さんをとても尊敬しています。私の夢をかなえてくださる、大切な建築家の方だと思っているんです」

　受話器の向こうからは沈黙が伝わってくる。どうやら外人の団体客たちは引き揚げたらしい。

「だから私、とっても困っているんです。いま、どうしたらいいんだろうって、私、大和田さんをとても尊敬していて、そんな気持ちになれないんです」

　男がこういう場合、いちばん白けるという〝尊敬〟という言葉を二回使った。

「だから私をもう困らせないでください。そうじゃないと、私、もう、大和田さんに会えなくなります。それがとってもつらいんです」

　最後の方は完全に告白調にした。今晩、男が床につこうとする時、この言葉を思い出すと、そうまんざらでもない気持ちになるだろう。何よりも大切なことは、大和田はきっとまた、朝子に挑んでくるはずだ。

「わかりました……」

　男は静かな声で言った。

「あなたがそう言うなら、今夜は帰ります。けれど、僕は絶対にあきらめませんからね」

　それこそ朝子が望んでいた答えであった。

祭りの夜

一

「ねえ、見て、見て。壇上に置く花、これでいいかしら」

文恵が花屋から届けられたバスケットを指さす。バラ、フリージア、チューリップが見苦しいほど大仰に盛られている。

「このくらいの大きさじゃないと、目立たないわよ」

文恵はあたりを見渡す。市民ホールの舞台の上には「第一回みずうみ文化講演会」という大きな横看板が飾られている。そして「講師　加藤修二先生」という垂れ幕。これらは文恵が知り合いの看板屋に依頼したものだ。文字や色の指定まで、こと細かく注文をつけた。

文恵の情熱におされて、「みずうみ会」の他のメンバーたちも動き始めた。さっき、みな子と美津は、新幹線の駅まで加藤を迎えに出たところだ。それは自分がすると文恵は言い張ったのであるが、今回の責任者である彼女が、わずかの間でもいなくなることを皆が不安がって引き止めた。文恵は不承不承残って、あちこち見まわっている。

開演一時間半前だというのに、会場にはぼちぼち人が集まり始めていた。八百人入るホールだが、切符は既に千二百枚以上さばけている。

「もしかすると立ち見が出るかもしれないわね。少し椅子を用意しといた方がいいかもしれない」

「でも、三割ぐらいは当日来ないもんだって言うわよ」

「本当にどうなるのかしらね。こんな天気だと人はやって来るのかしら。それとも外に遊びに行ってしまうものかしら」

朝子と文恵は青くつき抜けた春の空を眺めた。窓ごしに見ても、きらめくような日ざしがあたりに漂っているのがわかる。

全く何もかも初めてのことだらけだった。ホールとの交渉、切符やパンフレットの印刷、そのほとんどをやり遂げたのは文恵だった。

「本当によくやったわよ。この講演会、文恵さんがひとりでやったようなもんだわ」

朝子が他の女たちに聞こえないように、小声でささやくと、文恵はいやいやと手を振った。

「そんなことないわよ。みな子さんたちも、最初はぶうぶう文句を言っていたわりには、よく手伝ってくれたもの」

「それでも文恵さんは頑張ったわよ。あなたひとりで二百枚ぐらいチケットをさばいたじゃないの」

「そりゃ、会場がガラガラだったら、加藤さんにすまないじゃないの。とにかく街中の知り合いにみんな押しつけたっていう感じよね」

そしてこれまた低い声でささやいた。

「大和田先生が来られないのが残念よねえ。あんなに地酒を飲むのを楽しみにしていたのに」

朝子は黙って微笑む。あのホテルの夜から連絡はない。ただ根岸から半月前に電話があったきりだ。

二

根岸は新しいラフスケッチが出来たと告げた。

「それで近いうちに、打ち合わせに来ていただけないでしょうか。今度はいつ東京にいらっしゃいますか」

そして、てきぱきと日時を決め、「それではよろしく」と、電話を切ってしまった。

大和田が同席するかどうか肝心なことは何ひとつ言わない。それは大和田の指示なのだろうか。だいいち今まで彼が直接電話をかけてこなかったことはないのに、奇妙ではないか……。

あれこれ考えあぐねた揚げ句、苦い味の結論に必ずいきあたる朝子にとって、今度の講演会は何よりの気晴らしになった。

文恵と一緒にパンフレットの手配をしたり、切符をさばきに出かける。レストラン開店の準備を一事休止するほど文恵に協力したのも、心のどこかで加藤と一緒にやってくる大和田を期待していたに違いない。

ところが大和田は急な用事が出来、加藤ひとりになるという。それも何か重大な意志表明というものだろうかと、朝子は悪い想像ばかりする。

「だけど加藤さん、遅いわね」

文恵が先ほどから、自分の腕時計と、ホールの時計とを見較べている。

「お昼頃には来てくださいって言ったら、加藤はいつも、講演一時間前に着くようにしていますって、あの秘書に言われちゃったわ」

文恵は首をすくめるようにする。

「仕方ないわよ。売れっ子なんですもの。きっと忙しいんでしょう」

「あのね、秘書の人がしつこく言うには、色紙とかそういうもの、加藤はいっさい書きませんって。本当に制約が多いわよねえ」

その時、智恵美が、小走りといっていいほどの早さでやってきた。

「いま、みな子さんの車が、下のカーブのところを曲がったわよ」

「案外早かったわよね。景子《けいこ》さん、お茶の用意はOKよね」

接待係の景子に声をかける文恵も、いつのまにかヒールの踵《かかと》を大きくコツコツ言わせている。朝子と一緒に、ホールの廊下をつっ切り、楽屋口に出た。もう「みずうみ会」のたいていの会員がそこには集まっていた。

「ねえ、花束をこういう時に差し上げるべきかしら」

だれかがうわずった声を出す。初めて有名人を間近に見る女たちは、確かに興奮していた。みな子の白いセルシオが車寄せに着くやいなや、拍手がわき起こったほどだ。

「いやー、こんなことをしていただくと、まるで芸能人になったみたいですなあ」

ドアを開けて出てきた加藤は、グレーの変形衿《えり》のスーツを着ている。渋めに身づくろいした俳優という感じだ。

それに女たちにとって、しょっちゅうテレビに出ている加藤は、全く芸能人と同じ人種なのだ。

三

「先生、どうぞこちらへ」

接待係の景子が、自分にはその権利があると言いたげに、女たちをかき分けて前に進む。

しかし加藤は全く彼女を無視して、朝子と文恵に話しかけた。

「このあいだは遅くまで付き合わせて、迷惑をかけたんじゃないかな」

そのぞんざいな口調は、十分計算されたものだと気づいたが、やはり朝子は晴れがましい気分になる。有名人と親しいことの価値は、一対一の時よりもこうした羨《うらや》ましな視線の中でこそ輝くものなのだ。

「本当に遠いところ、ありがとうございました」

傍らにいる文恵も、あきらかに紅潮した顔をしている。朝子と文恵は、自然に加藤と並んで歩くかたちになり、そのまま控室に入った。

「大和田の奴も、ここに来るのをとても楽しみにしていたんですよ」

知っていたでしょう、というように、加藤は朝子の目を覗《のぞ》き込む。

「だけどどうしても急にニューヨークへ行かなきゃいけなくなって、確か先週から出かけているはずですよ」

「そうですか」

根岸から電話があったのもその頃だ。ということは、おそらく大和田は留守だったに違いない。朝子はこの何日か、自分を陰気に湿らせていたものが、少しずつ剝《は》がれていくような気がした。

「二人でこちらのうまい料理をたらふく食って、石川さんところのお酒を浴びるほどいただこうと話していたんですけれどもねえ」

「そういうことでしたら、お任せください。私たちがお相手させていただきますから」

いつのまにかドアのあたりに「みずうみ会」の幹部たちがへばりつくように立ってい

る。橙色《だいだいいろ》の大層派手なスーツを着たみな子が、不自然なほどのつくり笑いをうかべて言った。

「わたくし共は、たいていここの生まれですから、お酒もとても強いんですのよ」

「そりゃ、頼もしいですなあ」

「今日は、わたくしのところでご用意させていただいています。申し遅れましたが、私は料亭をやっておりまして……」

ちゃっかり名刺を渡そうとするのは美子だ。

「こりゃ、こりゃ。香山さんと石川さんを見てここに来る気になりましたが、あの二人の美人は氷山の一角というもんでしたな」

加藤の言葉に女たちは笑い崩れた。朝子と文恵は全く違う笑い声をたてる。見えすいた世辞というより、これは彼独得の皮肉だ。最初に上京する時、文恵が言った言葉を朝子は思い出す。

「あの女《ひと》たちと一緒に行ったら、断られるに決まっているじゃないの。私と朝子さんとで行くからいいのよ」

本当にそのとおりだ。みな子のぼってりとした肉のつき方、智恵美の服のひどさに朝子は内心恥ずかしくなる。

「あのう、皆で記念撮影してもよろしいでしょうか」

会の中でも一番か二番に若い景子が、持ち前の大胆さで加藤の傍らに立った。手にはインスタントカメラがある。

「そうしましょう。そうしましょう」

女たちがなだれ込むという感じで近寄ってきて、加藤を取り囲む。いつもより濃い、いくつかの香水が混ざり合った。

「香山さん、石川さん、こっち、こっち」

手招きされて気づいた。いつのまにか、朝子と文恵は、皆から取り残されたかたちになっていたのだ。瞬間、朝子と加藤は目を合わす。二人ともかすかな笑いと困惑を込めていたから、それは共犯者の目くばせとなった。

「私が撮りましょう」

朝子は景子からカメラを取り上げた。文恵は輪の中には加わらず、それを見守る位置に立った。

「じゃ、行くわよ。チーズ」

「チーズ！」

女たちは愛らしく律義に声を合わせた。ファインダーの中で、加藤がひとり苦笑している。

「加藤先生って、テレビや雑誌で見るより、ずうっと素敵ですわぁ」

夢からさめたような声をあげたのは美津だ。

「こんなに背が高いと思いませんでしたわ」「本当に」「そうよね」。女学生のような声があがった。

「私、先生の『熱帯の悲情』が大好きなんですよ、後で本にサインいただけるかしら」

「あら、サインは絶対にやめましょうって、取り決めがあったはずよ」

「でもそれは色紙とかでしょう。本なら構いませんよね、先生」

「ええ、著書を持ってこられたら、作家は拒否することは出来ませんからね」

加藤の苦笑いが、うんざりした唇の歪《ゆが》みに変わったのを見て取った朝子は、女たちに声をかけた。

「先生はお疲れですから、ちょっと開演までお休みいただくことにしましょう」

「ああ、お願いします。ちょっと話すことを考えたいんで……」

女たちはまたぞろぞろと控室を出ていった。朝子と文恵の他に、景子が当然のように残った。

「すごいパワーですね」

「ええ、みんなすごく張り切っているんですよ。ねえ、景子さん」

「ええ、このホール始まって以来の入りじゃないかって、事務所の人も言ってました。昨年の秋に女優の——。えーと、誰だっけ」

「近藤美佐樹《こんどうみさき》でしょう。この頃ちっともテレビに出てない人だけど、昔はNHKの連続ドラマに出ていた」

「そう、そう、あの人が仕事と子育ての両立みたいなことで話したけど、確か三百人ぐらいしか集まらなかったわ」

「それからキャスターの丸山悦美《まるやまえつみ》も来たわよ」

朝子は加藤が気分を悪くしないかとひやひやした。

「何か冷たいものでもお持ちしましょうか」

「ビール！」

と言って加藤は、悪戯《いたずら》っぽい目つきになる。

「だけどあれは、オシッコが近くなるからやめておきましょう」

景子が体をひねって、大げさにわらった。

「ウーロン茶で割ったウイスキーをお願いします。僕はこう見えても小心者で、ちょっとアルコールが入らないことには、人前で話が出来ないんですよ」

「わかりました、ちょっとお待ちください」

朝子は景子に目くばせして、廊下に連れ出した。

「ねえ、事務所から借りている冷蔵庫の中に、氷とかウイスキーあったかしら」

「いいえ。ジュースやウーロン茶はたくさん用意しときましたし、もしものためにビールも入れときましたけれど、ウイスキーはちょっとねえ」

「じゃ私、近くの酒屋さんへ行って、ちょっと買ってくるわ」

「車で行きましょう。そうしたらあっという間ですから」

その時ドアが開いて、控室から文恵が出てきた。手にグラスを持っている。その中には琥珀《こはく》色の液体が揺れていた。

「ねえ、どこへ行けば氷をもらえるのかしら」

「どうしたの、それ」

「多分こうなるだろうと思って、うちからウイスキーとグラスを持ってきといたのよ。加藤さんはバーボンじゃなくて、スコッチがお好きなのよ」

今日の文恵はなぜかしおらしく、皆に混ざって騒ぐこともしない。ひっそりと目立たぬようにしていて、陰でこんな気配りを見せる。加藤に対する尊敬と憧《あこが》れは本物なのだと、ふと朝子は思った。

文恵が事務所に取りに行った氷で、加藤はウイスキーを二杯飲んだ。

「不謹慎だと思わないでくださいね。本当に僕は小心者なんです」

少しくどく繰り返す加藤よりも、その靴に朝子は目を奪われる。そんなかたちの靴を見るのは初めてだった。

爪先《つまさき》が女ものののように細くなっていて、そのまわりを細い、爬虫類《はちゅうるい》のテープが飾っている。おそらく加藤が好む、イタリアの有名なデザイナーのものに違いない。

スーツもそうだが、靴は加藤が都会から来た男だということをはっきりと表していた。不思議なかたちの腕時計といい、それらは朝子たちに軽い威圧感さえあたえる。

そのくせ彼は、自分は話がわかる人間だといいたげに、なれなれしい微笑をおくってくる。

それは有名人独得の二面性だということに朝子は気づき始めている。彼らは無礼だと怒り狂うが、気さくな人と思われたい願望も秘めているかのようだ。

そして開幕五分前のブザーが鳴った。

四

加藤が舞台の上手から姿を現すと、大きな拍手が沸き起こった。ハードボイルドタッチの彼の小説からいって、男性が多いのではないかと朝子は考えていたが、いざ蓋《ふた》を開けてみると、八割以上が女性だった。

昨年の秋から、トーク番組のホストもしている加藤は、女の芸能界的な好奇心を十分満足させる対象らしい。

彼自身もそう振る舞っている節がある。

「旅と文学と私」と書かれた垂れ幕の下で、彼はまずコホンと大きな咳払《せきばら》いをした。

「すいません、実は少し飲んでます」

会場からどっと笑いが来た。

「本当にひんしゅくを買う話なんですが、僕はこうした講演の前は、どうもアルコールが入らないと駄目なんですよね。さっきも控室で、主催者の方々から冷たい目で見られても、それでもウイスキーを飲《や》っちゃいました」

朝子は唖然《あぜん》とする。誰ひとり咎《とが》めたりはしなかったではないか。それどころか景子など、つまみが無くてすいませんとしきりに恐縮していた。

「若い頃から僕は、とにかくやたら飲んでいまして、学生時代、まあ、早稲田《わせだ》でおきまりの学生運動をやっていたんですが、最後の方になるとデモに行くよりも、ガールフレンドのところで飲んでいる方が多くなりまして、仲間から〝裏切った〟〝ノンポリ〟とののしられたもんです」

女たちはいっせいにしのび笑いをもらす。考えてみれば無頼というのは、加藤の〝売り〟だったはずだ。だから控室の一件は、全く気にすることはないのだと、朝子は自分に言いきかす。

「大学へ行っても、封鎖だ何だって、ろくに授業もやっていない。これなら仕方ない。ちょっとアメリカへでも行ってみるか。当時、僕みたいにいい加減な気持ちで、あちらへ渡った奴は多かったんじゃないでしょうか。ロサンゼルスで、僕は皿洗いをしたり、ガイドの見習いみたいなことをしていましたが、やっぱりそんなのがごろごろしていて、すぐに仲間になりました。大和田真一といって——」

朝子はハッと顔を上げる。突然彼の名前が出るとは思ってもみなかった。

「今は結構売れている建築家なんですが、彼もその仲間のひとりでした。こんな言い方をするのはキザですけれども、あの頃の僕たちにとって、青春というのは、イコール旅をすることでした。やがて金を貯めた僕らは、東海岸に出て、それからヨーロッパへ渡りますが、僕はずうっとこういう生活が続くものだと信じていた。いつか四十男になって、女房子どもを持つなんて考えてもみませんでした。僕はいつまでもじたばたとし、放浪といっていいほど旅ばかりしていたのも、この二十歳の頃の経験が大きいはずです」

加藤はここでひと息に水を飲んだ。

「本当に普通の人が見たら、馬鹿じゃないかと思うような旅ばかりしてきました。物書きになって、まだ全然売れていない頃は、車で北アフリカを横断したこともあるんです。帰ってきた時は人相が変わっていましたね。その頃の僕にとって、旅というのはサディスティックな要素があったかもしれません」

テレビによく出ている割には、加藤の喋《しゃべ》り方は決してなめらかとはいえない。しかし彼はそうすることによって、作家としての境界線をひこうとするかのようだ。

時々はつかえ、また途中で次の言葉をなくしたまま言いかえたりする。けれども彼の話しぶりには、人を魅《ひ》きつける不思議さがあった。

一時間半というとかなり長い時間だが、ざわめきが起こったり、帰る人もいない。

「僕は最近も取材のためによく海外へ行きますが、ものを書くために行く旅というのは、やっぱり淋《さび》しすぎる。本当にぶらっと遊びに行き、その記憶が僕の中で醱酵《はっこう》するまで待つ。そんな旅をしたいし、そんな小説を書きたいと思うんですが、やっぱりうまくいきません。僕のいちばん好きな街、イスタンブールで、湖を見ながら日がなビールを飲んで過ごしたい。エーゲ海とボスポラス海峡との間に落ちる夕陽はいいですよ。僕みたいなものでも、永遠とか幸福といったものを信じたくなるような美しさです。毎日あの夕陽を見ていたい。そして少し酔ってそのまま眠りにつきたい。こんなふうに願い、憧《あこが》れること、思いを遠い国へとはせること。これが今、僕にとっての旅なんじゃないかと思います」

加藤が頭を下げると、大きな拍手が沸き起こった。これといって大きな感動や発見があるわけではないが、彼の話はおもしろく、聴衆たちを満足させたようだ。

かなり長い間拍手は続き、それがおさまった頃、主催者側を代表して、「みずうみ会」副会長のみな子が花束を手渡した。文恵が長いことかかって吟味しただけに、白い百合《ゆり》とカラーを使ったしゃれたものだ。しかし、みな子の橙色《だいだいいろ》のスーツは、ライトを浴びて滑稽《こっけい》なほど目立った。満面の笑みをたたえたみな子は、花束を手渡した後、右手を差し出す。加藤がそれをとって強く握手すると、再び大きな拍手が起こった。

「本当に図々《ずうずう》しいわ」

傍らにいる文恵がつぶやく。

「加藤さんの講演を、あんなに反対していたのにねえ」

文恵の口調は、いつもの彼女とは違っている。無邪気さや明るさはどこかへいって、とげのような嫉妬《しっと》がぎらついている。やはり花束贈呈の役は、文恵がすべきだったと朝子は思う。みなもそれを望んでいたのに、いざとなると恥ずかしかったらしく、みな子に譲ってしまったのだ。

「でも大成功でよかった」

まわりに誰もいないのに、突然文恵はそらぞらしく言った。

「まあ、まあ、先生、本当にありがとうございました」

みな子の橙色のスーツと興奮した声が、控室になだれ込んできた。

「大成功でしたわ。まあ、どうでしょう、いらした方はしーんとして先生のお話に聴き入っていたじゃありませんか。こんなことは初めてですわ」

「先生、もう一度お写真、よろしいですか」

カメラを持った景子の後ろから、何人かの会員が顔をのぞかせている。

「ああ、いいですよ」

ぶっきらぼうに答える加藤のまわりに、女たちがまた女学生のように群らがった。

「この後の席はもうご用意しておりますけれど、すぐいらっしゃいますか、それともしばらくお休みになりますか」

みな子の問いを最後まで言わせず、加藤は叫ぶように答える。

「ちょっとひと休みさせてください。一時間半喋るとやっぱり疲れますから」

「そうでしょうとも」

「それから申し訳ありませんけど、ちょっと一人にしていただけますか」

カメラや色紙を手にしていた女たちは、しぶしぶと部屋からでていった。

「あの、石川さん、香山さん、ちょっといいですか」

同じように控室から出て行こうとしていた二人は立ち止まった。加藤は大げさに手をひき、早くドアを閉めてくれと合図した。

「あーあ、疲れちゃったよ」

加藤はソファからずり落ちるふりをする。文恵は不自然なほど大きな声で笑った。

「講演は慣れているからそうでもないけど、おばさんパワーにはまいっちゃうよ」

「そんなことおっしゃらないでください」

朝子がなだめる間も、文恵は笑い続けている。

「みんな加藤さんに来ていただいて、本当に大喜びしているんですよ。田舎の人間ですから失礼もあるかと思いますけれど、その気持ちはわかってください」

多少偽善的だと思うものの仕方ない。朝子は文恵と一緒になって笑う気分になれなかった。

「じゃ、その気持ちだけ有り難くいただくとして、次の宴会、なんとかすっぽかせないかなあ。僕は後二時間、耐えられる自信ないよ」

「そんなこと言わないでくださいよ」

女たちがどれほどそれを楽しみにしているか朝子は告げようとしたが、それはかえって加藤の気持ちをそぐことになるだろう。

「たぶんもう用意していると思うんですよ。市長とか教育委員長もご一緒したいという

れに美子さんのところのお料理は、とってもおいしいって評判なんです」

　観光客用の「みずうみ弁当」の味が、その時ちらと頭をかすめた。

「あんまり期待しない方がいいかもしれない」

　突然の文恵の言葉に朝子は振り返る。

「美子さんとこの料理なんて、東京でおいしいものを食べてる加藤さんに合うはずないわ、うちのお客さまをあそこに招待するとよく文句を言われるの。お刺し身はべちょべちょしているし、茶碗蒸《ちゃわんむ》しは冷えきっているって。観光地で出る宴会料理以外の何物でもないと思うわ」

「文恵さんたら」

　全く何を言い出すのだろうか。文恵がいましなくてはならないことは、仲間を嗤《わら》うことではなくて、主催者側に立つことではないか。

「何もそんなこと言わなくたっていいでしょう」

「だって朝子さんが料理がおいしいからなんて言うんですもの。疲れた人があんなに不味《まず》いものを食べたら、なおいらいらしちゃうと思うわ。だいたい美子さんったら、センスっていうものがまるで無いんですもの。だからあんな駅弁みたいなものを出しても平気なのよ。加藤さんにはちゃんと言った方がいい」

　文恵は何かに憑《つ》かれたように喋り続ける。

「それに加藤さんは、おちおちご飯なんか食べていられないと思うわ。みんなやたら興奮してるんですもの。食べている最中も写真撮ったり、あれこれ話しかけるに決まっている」

「そんなこと、私がさせません」

朝子は結果的に文恵を睨《にら》みつけることになった。何とかしなくてはならない。ここで加藤を怒らせたり、白けさせたりしたら大変なことになる。

おそらく楽屋の出口のところでは、みな子や美津たちが加藤の来るのを待ち構えているだろう。いくら有名人だからといって、最初から決まっているスケジュールをこわす権利はないはずだ。朝子の頭は混乱し始めている。なにかうまい解決案はないものだろうか。

「あの、加藤さん、それならちょっとだけ顔を出していただけますか」

朝子は必死だった。

「そうすれば私が、先生はお疲れだから、ホテルでお休みになるそうです、と言いますからお願いします。たとえ文恵さんが言うような不味いものだったとしても、何日もかけて準備していたんです。本当にお願いします」

「じゃ、ちょっとだけですよ」

加藤はしぶしぶ立ち上がった。

「その後は君たちとどこかで飲みたいな」

文恵の顔がパッと輝いた。結局彼女は、加藤を独占したかったのだと朝子は理解した。しかしこの場合、それがわかったら他のメンバーの非難を受けることは目に見えている。

「あの、そうでなくても今日の私たちは目立っているんです。加藤さんと前から知り合いっていうことで特別扱いしてくださるし……」

「あたり前だよ。綺麗《きれい》なのが君たち二人だけで、あとはおばさんばっかり。こりゃ詐欺だよな」

軽口をたたくほどに加藤の機嫌は回復したらしい。朝子はそれに乗じて、またひとつ提案をした。

「狭い街ですし、私たち二人だけが加藤さんのお相手をしたら、他のメンバーがやきもちをやくんですよ」

「だって君たちとあの人たちとは違うでしょう。香山さんたちは前からの知り合いなんですし……」

「そのお言葉は嬉《うれ》しいんです。私も加藤さんとまたゆっくりお酒が飲めるのを本当に楽しみにしていたんです。ですからちょっと気を遣っていただきたいの」

「バレないようにやるってこと」

「そうなんです。お泊まりになるホテルは、小さけれど一応バーがあるんです」

万智子の経営する旅館を用意しておいたのだが、加藤はホテルしか使わないという秘書の言葉で急きょ変更したのだった。

「加藤さんはいったんホテルのお部屋で待っていてくださいますか。そうしたら私たち二人も帰るふりをしてホテルへ行きます。その後、バーで合流するというのはどうでしょうか」

そのバーは比較的地元の人間が使わない店だ。この街の男たちは、ホステスのサービスがないところでは物足りない。哲生や石川といった男たちのために、メンバー制のクラブが街にはある。

だからホテルのバーで、誰かと顔を合わせる可能性は少ないはずだ。

「わかった。じゃ乾杯をして、ビールの二、三杯も飲んだら失礼しますよ。その時僕は疲れた、目まいがするとか言ってよろけるから、うまくやってくださいよ」

「わかりました。ちゃんとうまくやりますから」

文恵が加藤におもねるように言う。

「あーら、先生がお疲れよ、って私が大げさに叫びます。そしたら、ちょっと部屋で横になりたいってすぐに言ってね」

「わかった、わかった」

加藤と文恵の会話は、朝子を不愉快にさせるには十分だった。今日の文恵はどうかしている。意地の悪さ、わがままの度合いが違うのだ。いつもならため息をつきながらも、朝子を微笑させてしまう無邪気さがない。あるのはむき出しになった女のエゴイズムだけだ。

三人で楽屋出口まで歩いていくと、案の定、みな子たちが心配そうに立っていた。

「お疲れはとれたようですか」

「あのね、先生は昨夜徹夜だったんですって」

文恵が勝ち誇ったように言った。

「ずうっと原稿書きで、このところよくお休みになっていないんですって」

「まあ大変」

みな子と美津は不安気に顔を見合わせた。

「ですから今日の宴会、早めに引き揚げたいっておっしゃってるわ」

「わかりました。そうですよね」

すがるような目をするみな子を前にして、朝子は文恵に怒りさえおぼえた。

五

美子の店の座敷には、既に三十人近い女たちが集まっていた。加藤の姿が見えると、いっせいに拍手が起こる。

「先生がいらっしゃいました」

先導をつとめているみな子が、歌うように叫んだ。

「私たちに素晴らしいお話をしてくださった先生に、もう一度拍手を」

朝子は気が気ではない。加藤が実に意地悪気な微笑を浮かべたのを、はっきり見てとったのだ。

床柱を背に、加藤の席が空けてあった。その隣の席は副会長のみな子のものだろう。襖《ふすま》に近い末席のあたりがまばらになっている。朝子と文恵がそこに向かおうとすると加藤がひき止めた。

「ちょっと、遠くに行かれると困るよ、僕」

「そうよ、香山さん、石川さん、こちらへいらっしゃいよ」

その声をすばやく聞いたらしい万智子が、気をきかして詰めてくれたので、朝子と文恵はみな子の隣に座ることが出来た。

「皆さん、今日は本当にお疲れさまでございました」

こういう時、司会役になるのはみな子だ。いつのまにかそうなっていた。自己顕示欲が強い人間に特徴的な、明るくよく通る声だ。みな子は声がよいとよく人から褒められ、カラオケが大層好きだった。

「さっそくビールで喉《のど》をうるおしたいところではございますが、ちょっと会長の挨拶《あいさつ》をお聞きください」

美津が立ち上がった。この日のために「バイオレット」で買ったに違いない、イタリアデザイナーのマークがついた、ブレザー風のジャケットスーツを着て立ち上がった。

「加藤先生、今日は本当にありがとうございました。お忙しいところ、遠方はるばるこんな田舎まで来てくださいまして、本当に感謝しております」

大きな家具屋の社長夫人だというのに、美津は人前で話すことが苦手である。たいていはみな子に任せてしまう。しかし今日はよほど張り切っているらしく、こうして立ち上がったのだ。しかし話はいつものように大層退屈で長い。

「この街は昔からの、数々の伝統の文化がございます。加藤先生もご興味がおありでしたら、明日《あした》でもご案内いたしますけれど、染めと織りの博物館というのも有名です。その昔、平家《へいけ》の落人《おちゅうど》たちがここで織物や染めを始めたというのが起源で、本当に素晴らしい芸術品が並んでいるのでございます。和歌も俳句も盛んなところでございました。ところがどうでしょう。現在はそういうものが全くといっていいほど消えてしまって、ただのありきたりの地方都市でございます。私たちは何とかしなければいけないと、『みずうみ会』をつくり……」

朝子は息をのんだ。加藤がひとりビールを注ぎ始めたのだ。

「少しでもこの街の文化につくすことが出来たらと考えたわけです。とりあえずは皆で集まって勉強会を開きました。皆で正式に茶の湯や和歌を習うことも始めました。その成果が、今回の講演会を開くところまでいったのは、本当に喜ばしいことで……」

いらいらした風でもなく、怒っている様子もなく、加藤はごく自然にコップにビールを注ぎ、ひと息にあおった。琥珀《こはく》色の液体はたちまちにして彼の喉に消えた。

「この街の女たちは、長いこと男性の下にあるものとされていました。実際はここにいるメンバーのように夫顔負けの働きを見せる女も多かったのですが、夫の陰に居ることが美徳とされ……」

どうやらみな子が、立っている美津の、ふくらはぎあたりをつついたらしい。美津は勝手に飲み始めている加藤を見て、後は支離滅裂になってしまった。

「というわけで、加藤先生のますますのご活躍をお祈りして、乾杯をしたいと思います」

「乾杯」

女たちが口々に言う中、加藤は目を上げることもなく、ビールのコップを前に差し出した。

「さあ、先生、何もございませんけれど、召し上がってください。ここの調理長が張り切って名物をいろいろつくりましたのよ」

みな子の華やいだ声に、とりなすような媚《こ》びが含まれ始めている。

「こりゃ、おいしそうですな」

加藤の言葉は、皮肉以外の何ものでもないと、朝子は乾いた鯉のあらいを見ながら思った。しじみ飯や天ぷらと、それなりのものは並んでいるのだが、講演会の後の、遅くなってからの時間だから、ほとんどのものが冷めていた。

「加藤先生、おひとつどうぞ」

古手の会員のひとりである邦子《くにこ》が、膝《ひざ》で寄っていった。ほっそりとした、美人の部類に入る女なのだが、ワイドショーや芸能週刊誌が大好きという嗜好《しこう》を大っぴらに言うところがある。

「いや、僕はビールをいただいていますから」

「そうおっしゃらずに。これはほら、石川さんのうちで造っているお酒なんですよ」

彼女は文恵の方を顎《あご》でしゃくるようにした。

「このあたりでいちばんの銘酒で、とってもおいしいんですの。ちょっと辛口ですから、いくらでもいけるはずです」

朝子の隣で、さっきから不味《まず》そうに天ぷらの衣をはがしていた文恵の肩が、びくんと震えた。憮然《ぶぜん》としたように唇が結ばれている。

おそらく文恵は、こんなふうに自分のところの「西山の誉」を紹介してほしくなかったはずだ。誇らし気に、自分で酌をするつもりだったに違いない。

ところがこの図々《ずうずう》しい公認会計士の妻に先を越されてしまった。加藤と文恵の間には三人の女が座っていて、その距離はあまりに大きいのだ。

邦子は加藤の前に座ったきり立とうとしない。それにつられるようにして、別の女も一人、彼の膳《ぜん》を囲むかたちになった。

「私たち、前から先生のファンだったんですよ」

「そりゃどうも有り難いですな」

「こんなこと言っちゃ失礼かもしれませんけれど、先生はテレビで見るより、本物の方がずっとハンサムだわ」

「本当、本当、こんなに背が高いなんて思いませんでしたもの」

「なんだかこうして目の前にいるなんて、夢みたいですわ」

朝子はぶっきらぼうよりも、はるかに冷たい態度というものがあることを知った。加藤はさっきから意地の悪い微笑をうかべたまま、女たちに対応している。そして、まるで施しをするように、言葉を投げあたえるのだ。

「そりゃあ、光栄ですな」

「これはこれは嬉《うれ》しいですな」

朝子はもう聞いていることが出来ない。隣の文恵をつついた。

「ねえ、もうそろそろ加藤さんを連れ出した方がいいみたいよ」

「えっ、何のこと」

吸い物に口をつけるわけでもなく、箸《はし》でいじくりまわしていた文恵は、きょとんとしたように顔を上げる。風邪をひいた子どものように、大きな目がうるんでいる。とても奇妙な表情だと思ったが、朝子は構わず言葉を続けた。声をひそめるようにしたら、文恵の耳たぶが、すぐ目の前に来た。

そう色白だと思ったことがないのに、耳たぶだけは陽から忘れ去られたように淡い色をしている。そこに後れ毛が何筋かからまっていた。

「あのね。みんな酔っぱらってきて図々しくなっている。そろそろ加藤さんをここから連れだしてあげないとお気の毒よ」

「だけど合図がないんですもの」

文恵は今度はふてくされた。

「さっき合図したあれ、なんだか疲れたってよろけたら、私があーら、大変って騒ぐ手はずになっているのよ。でも加藤さん、何だか楽しそうにお酒を飲んでいるじゃないの」

「馬鹿ね、あんな子どものお芝居みたいなこと、本気でやるわけないでしょう。いい、私と文恵さんが一緒だと目立つから、あなたはひと足先に加藤さんと二人で出ていっちゃってよ。そして二人でホテルのバーで待っていて。私は後片付けをちょっと手伝ってから、こっそり抜け出すわ」

「えーっ、そんな」

文恵は困惑したように目を大きく見開き、まじまじと朝子を見た。なんと子どもじみた動作をするのだろうと、朝子は一瞬いらつく。

「とにかくお願いよ。私がいま、うまくやるから」

万智子の後ろにまわって、加藤のわき腹を軽くつついた。

「ああ、驚いた」

後ろを振り返った加藤の息は少し荒い。わずかな間に、女たちから酒をたくさん飲まされたようだ。

「もうお疲れでしょう。そろそろホテルへお戻りになった方が……」

「そうしてくれますか。このままだときりがないよ。実はこの後、バーかカラオケにご一緒したいなんて言われているけれど、まるっきりその気はないし」

加藤の声が、邦子たちに聞こえはしないかと、朝子はひやひやする。

「あの、文恵さんと先にいらしててください。私はちょっと後片づけして、それから行きます。二人が加藤さんと一緒に出ると目立つんで、よろしくお願いします」

「わかった、わかった」

加藤は急に真剣な顔になって頷《うなず》く。朝子は腰をかがめて床の間の前を横切り、美津の後ろに立った。

「あのね、加藤さん疲れたから、そろそろホテルへお戻りになりたいって」

「大変。じゃ、みな子さんに頼んで、車でお送りしますよ」

「あのね、ちょっと街の空気も吸いたいから、タクシーを拾いますって、文恵さんが送るみたいよ。あの二人は前から知り合いなんだから、その方がいいでしょう」

美津は立ち上がって、みな子のところへ相談に行った。何やら二人が、二言、三言交わしたかと思うと、みな子が突然大声で言った。

「みなさーん、加藤先生がお疲れなので、そろそろお帰りになるそうです」

「えーっ」

女たちが嬌声《きょうせい》とも非難ともつかない大声を上げる。

「じゃ、お帰りになる前に、先生からちょっとお言葉をいただきましょう」

加藤は手を何度か振り、拒否の姿勢を示したが、やがてしぶしぶ立ち上がった。

「えー、僕はこんなふうな講演をあまりしないんですが、今日はとても楽しかったです」

パチパチと拍手が起こった。

「もう三カ月も前になるでしょうか、僕の友人から電話がかかってきて、今からかなりの美人が二人、お前のところに行くから、ちゃんと言うことをきいてくれって言うんですね。僕は美人と老人には親切にするのをモットーにしていますから、もちろん喜んでご接待しました」

朝子と文恵はうつむく。

「その夜、イタリア料理だってご馳走《ちそう》したんですよ」

女たちがいっせいに笑った。

「そこでお二人は言ったんです。ぜひうちの街の講演会に来てください。お酒は飲み放題、会員は私たちぐらい、みいんな美人です」

嘘ばっかりと、隣の文恵がつぶやいた。

「これを聞いたら、誰だって行くはずですよね。こちらに来て、まだ四時間ぐらいしかたっていませんが、いやあ、とてもおもしろいところだなあと思いましたね」

加藤の口調には軽い揶揄《やゆ》が含まれている。しかしそれに気づいたのは、おそらく朝子と文恵ぐらいだったろう。

「綺麗《きれい》で素敵な方々、東京でもちょっとおめにかかれないような女性が、いっぱいいたんですよね」

女たちはいっせいに笑った。

「よく政治家たちは〝地方の時代〟〝地方の時代〟っていうけれど、実はこういうことじゃないか。その街の経済力や民度は、そこに住む女たちにいちばんはっきり表れるって僕は気づきましたね。これからもお体を大切にして、ご活躍ください」

頭を下げると、大きな拍手が沸き起こった。

小さな皮肉はところどころあるものの、彼が殊勝な挨拶《あいさつ》をしたことに朝子は驚かされる。

あきらかに途中で何か言いかけたのだが、すんでのところでやめたのだ。

加藤は立ち上がり、もう一度軽く頭を下げた。みな子、美津に朝子、文恵が後に続く。朝子が根回ししておいたので、みな子たちは店の玄関で別れることに、それほどの不満はなさそうだ。ハンドバッグを持ってきたのは文恵だけだった。

「それじゃあ石川さん、よろしくお願いしますね」

朝子はわざと大きな声をあげる。文恵はぎこちなく頷いた。さっきから彼女は、呆《ほう》けたような表情のままだ。

「さあて、私たちも飲み直しましょうかね」

廊下を歩きながらみな子が言った。大きなことから解放された、うきうきした調子をあらわに見せる。

「やっぱり有名人っていうのは気を遣うわ。加藤さんっていい男だけれど、気むずかしそうだし」

「あの人、奥さん、どんな人だっけ」

「確か二回目の奥さんよ。確かさ、どこかの劇団の女優をしていたんじゃないかしら」

「そうそう、今でも時々、女性雑誌にモデルみたいにして出るわ。すごい美人よね」

「そりゃそうでしょう。ああいう男の人は美人が好きでしょう」

本人がいなくなったとたん、みな子と美津は下世話な噂に夢中になった。朝子はかすかに不快なものを持ったが、それは座敷でも始まっていたらしい。

元の席に座ったとたん、邦子が寄ってきた。

「ねえ、ねえ、加藤先生、帰ったのね」

「ええ、いまお送りしてきたところよ」

「あの人って、すごく女癖が悪いんですって。万智子さんが前に週刊誌で読んだことあるって、奥さんの他に愛人がいて、別に隠したりもしてないって」

「ああいう仕事の人は、そういうこと平気なんでしょう。それをまた、マスコミがおもしろおかしく書くのよ」

六

女たちだけで宴《うたげ》は、それからしばらく続いた。〝おひらき〟の言葉があった頃には、たいていの女たちは酩酊《めいてい》していたほどだ。

「ねえ、この後はカラオケに行きましょうよ」

ゆっくりした喋《しゃべ》りとなった万智子が言う。

「今日はさ、遅くなるって言ってあるのよ、私の知っている店なら、何時でもOKよ。こういうチャンスはめったにないんだから、パッといこう、パッと、ね」

「悪いんだけれど、今日はこのまま帰るわ」

朝子は気が気ではない。うまく抜け出して合流すると、加藤たちには伝えておいたのだが、まわりの気勢に押されて、そのまま居残ってしまった。あれから一時間半たつ。二人はさぞかし気をもんでいることだろう。

「なんだか姑《しゅうとめ》が風邪気味なのよ。鼻をぐずぐずいわせてたから、早く帰ろうと思うの」

このあたりでは、夫よりも姑を言いわけの材料にした方が、ずっと好感をもって迎えられる。案の定、万智子などはしきりに頷いてくる。

幾つかのグループに分かれ、街に繰り出す女たちに背を向けるようにして、朝子はタクシーを拾った。

「レイクグランドホテルまで」

名前だけは大層だが、客室も百足らずの、ほとんどビジネスホテルのようなところだ。その代わり地元の者と顔を合わせずに済む利点がある。

エレベーターで最上階のバーへ行った。小さなホテルにしては不釣合なピアノバーで、夜景を生かしたなかなかのインテリアだ。しかし今は演奏もなく、出張で来たらしいサラリーマン風の男が、何人かいるだけだ。

もしかしたら柱の陰の、目立たない場所にいるのではないかとまわってみたが、見知らぬ男女が占めていた。

「ねえ、ここに男の人と、女の人がいなかったかしら」

「そうですねえ、お二人連れのお客さまは何組かいらっしゃいましたが……」

ウエーターに言われて、そのとおりだと朝子は思った。あまり加藤の名前を出したくないが、そうしなければならないだろう。

「ほら、作家の加藤修二さんよ。女の人と一緒にいたでしょう、ここで待ち合わせをしていたのよ」

最後はいらいらした早口になった。

「ああ、あれはやっぱり加藤修二かあー」

若いウエーターは、営業用の口調をガラリ変えて、男の子の感嘆となった。

「似てるなあ、似てるなあと思ったけど、まさか加藤修二がこんなところに来るはずないしなあって皆で言って……」

「それで加藤さんはどうしたの、女の人と一緒だったでしょう」

「ショートカットの女性ですね、えーと、しばらくその席で飲んでいらっしゃいましたけれど、二人ですぐに出ていきましたよ」

おかしなことがあるものだと、朝子はあたりを見渡した。二人で待っていたが、朝子が来るのがあまりに遅い。だから別の店に移り、そこから電話しようと立ち上がったのならわかる。しかしウエーターの話によると、二人は三十分そこそこで出ていったという。

朝子はレジの電話を借りて、フロントの男を呼び出した。

「もしもし、四〇二号室の加藤先生から、何かわたくしに伝言入っていませんか。香山あてにです」

「ちょっとお待ちくださいませ」

今どき珍しい「ウイ・アー・ザ・ワールド」のメロディーを聞きながら、朝子の心の中にある疑惑がゆっくりと起き上がった。それはちょうどひざをつくかたちになり、呪うようにこちらを見る。

「まさか、まさか……」

その時ちょうど「ウイ・アー・ザ・ワールド」が途切れた。

「お待たせいたしました。加藤さまからの伝言はございません」

「それなら外に出ているのかしら。キーは預けていったんですか」

「いいえ、お持ちのようでございます」

朝子はいったんバーを出て、エレベーター横に置いてある館内電話をとった。四〇二号室をコールする。何の反応もない。しかし朝子は辛抱強く受話器を持ち続けた。

十二回、十三回、十四回……。

「もしもし」

加藤の低い声を聞いた時、朝子は、ああやっぱりと思った。

「加藤さん」

「はい、そうです」

相手は小学生のように答えた。既に言い訳も嘘もすべてあきらめた素直な声だ。

「そこに文恵さんがいるでしょう。ちょっと出してくださる」

「………」

「やっぱりやめましょう。恥ずかしくて出て来れないはずよね。それならば伝えてください。三十分後にホテルの玄関を出たところで待っているって、暗いところなら文恵さんも来れるでしょう。闇にまぎれて出ていらっしゃいって。かっきり三十分後ですよ」

「はい、わかりました」

本当に女教師と小学生との会話になった。

七

そのままバーに戻るのも嫌で、朝子はホテルの入り口に立った。このあたりはオフィスが多く、まわりのビルのほとんどの灯《あか》りが消えている。

ホテルの車寄せの脇には花壇があって、そこににぶく水銀灯があたっていた。何の花だろうか、紫色のつぼみのままで夜風に揺れている。陽がおちると、急に冷たい風が吹くのだ。朝子はトレンチコートの衿《えり》をかき合わせた。ふと自分は娼婦《しょうふ》になったような気がした。

こうして夜、街角に立って男を拾う女たちがいる。彼女たちは咎《とが》められ、どうして他の女のすることは罪にならないのだろうか。金をもらうからか。男から金をもらわなくても、たくさんのことを要求する女たちはいる。普通の女と、娼婦たちとの境界線はいったいどこにあるのだろうか……。

さまざまな思いをめぐらしていた朝子は、文恵がそばに立ったことに、すぐに気づかなかった。朝子と同じように白いスプリングコートを着て、文恵も娼婦のように薄闇の中に立った。

「ちょうど三十分、きっかりね。時間を計っていたみたい」

「あのね、朝子さん、聞いて。私たち、ちょっと加藤さんの部屋でお話ししてただけで……」

「嘘おっしゃいな」

自分でも驚くほど鋭い声が出た。

「このホテルの部屋はツインっていっても、信じられないぐらい狭いはずよ。そんな見えすいた嘘をつくなんて、恥ずかしいと思わないの」

それきり文恵は何も言わず、二人は歩き始めた。左の肩のあたりに重苦しい風を朝子は感じる。

「車を拾いましょうか。でもまだ明るいところには出れないでしょう。いつもの顔で家に帰るためには、あと一、二時間は必要ね」

「仕方なかったのよ」

短いため息をついた。

「私はあのまま朝子さんを待っているつもりだった。そうしたらあの人が、信じられないような誘いをしたのよ」

「それで部屋までついていったの。あきれた、あなたと加藤さん、初めて会ってから二回目でしょう。どうしてそんなことが出来るのよ」

「朝子さん、気づかなかったかしら」

文恵の声はねっとりと春の闇に溶けて、勝ち誇ったような響きさえあった。

「あの日、東京に行った日よ。朝子さんと新幹線の中で待ち合わせたでしょう」

「何ですって、じゃ、あの日」

あまりうろたえてはいけないと思ったものの、文恵の告白は朝子に驚愕《きょうがく》をあたえるには十分だった。自分が大和田と会っていた時、文恵は加藤と深い関係を結んでいたという。

「だって朝子さんが用事があるみたいで、私、あの日することがなくって困ったのよ。

映画でも見ようかなあって思って、ふっと加藤さんのことを思い出したの。明日はヒマだから、何かあったら電話してくださいって言ってたし……」

「それで彼と会ったのね」

「ええ、あの事務所へ行ったの。あの嫌な感じの女秘書は休みだった。いいえ、どこかに出かけていたのかもしれない。加藤さんは原稿をずっと明け方から書いていたとかで、髪の毛がぼさぼさしていた。二人でビールを飲んだわ。午前中のお酒は本当においしいと思って、気がついたらソファの上でそういうことになっていたの」

「自分の浮気のことを、そんなにうきうきと喋《しゃべ》るもんじゃないわ」

「私、うきうきなんかしていない。自分でもことのなりゆきに驚いているの」

大通りに沿って二人は歩いている。通り過ぎるヘッドライトで、文恵の顔は照らされているはずだ。けれどもそれを見る勇気はなかった。

いつものように朝子のそばにぴったり沿って歩く文恵を、これほど厭《いと》わしく感じたことはない。彼女は香水をいっさいつけていないはずなのに、甘く発酵したにおいを何度も嗅《か》いだような気がする。

「本当にあれよ、あれよっていう感じなの。私、ずっと思ってた。あれは夢だったんだって。だってあっという間の出来事だったし、その後電話一本かかってくるわけでもない。あれは現実に起こったことじゃなくて、私の錯覚だったんじゃないかって、さっきのさっきまで思っていた。だって今日、私に会ってもあの人、何も言わないんですもの」

〝あの人〟と発言する文恵は、全くもって朝子の知らない女だ。

「文恵さん、いったい何を考えてるの」

朝子はついに立ち止まった。文恵の方を向く。想像していたような大きな変化はない。髪も乱れていなかったし、目がやたらうるんだりもしていない。ただつけ直したばかりの口紅が、不自然なほど濃くくっきりと光っている。

「ねえ、私だからいいようなものの、このことが他の人に知られたらどうするの」

「朝子さんだから油断しているのよ。というよりも、朝子さんには知ってもらいたいっていう気持ちがあったかもしれない」

「あなたね、私が一緒だからいいけれど、ホテルを出るところを誰かに見られたらどうするつもりだったの。石川酒造の若奥さんが、浮気をしているなんていう噂が、ちょっとでも伝わったら大変なことになるでしょう」

「私、浮気なんてところまでいっていないと思うわ」

唇がゆがんで、文恵は不貞腐《ふてくさ》れているようにも見える。

「なんていうのかしら、ちょっとした出来事なのよ。うまく言えないけれど、二人で秘密の思い出をつくったという感じなの」

「秘密の思い出をつくったですって」

朝子は叫んだが、喉《のど》が乾いてうまく声が出ない。目の前にいる文恵を、ひと思いに刺せるような言葉があればいいのだが。

「あなた、自分のしていることがどういうことか、ちっともわかっていないのね。二人の思い出なんて、綺麗《きれい》ごとを言っている場合じゃないでしょう。美季《みき》ちゃんたちのこと、ちょっとでも考えたことがあるの」

文恵の肩がかすかにびくんと揺れた。そうだ、子どもの方から衝《つ》いていけばいいのだと朝子は気づいた。

「そりゃあ、あなたは、憧《あこが》れていた有名人とそういうことになって嬉《うれ》しいかもしれない。気持ちも若返って毎日楽しいでしょう。でも、自分の母親がそんなことをしているってわかったら、ねえ、美季ちゃんたちはどう思う。あなたは母親として、いちばんしちゃいけないことをしたのよ」

文恵は朝子の視線をそらそうと、夜の道を走る車の方を向いている。なだらかな額から鼻にかけての線は、日本人には珍しいほどの綺麗さだ。まだ十分に恋が出来る若さと美しさを文恵は持っていると、朝子は認め、そして自分が嫉妬《しっと》していると思った。

そう、これは確かに嫉妬なのだ。

たった二つしか違わないというのに、文恵のこの屈託の無さといったらどうだろう。苦しかった、悩んだと彼女は言うが、好きな男から誘われると、出会った次の日に身を許してしまう。そしてそのことに、たいして罪悪感をおぼえるでもなく、「二人の秘密の思い出」などと口にするのだ。

けれど嫉妬をしているとわかっていても、朝子の中に起こった激しいものは止めることが出来ない。

「私、文恵さんっていう人が、なんだかわからなくなってしまった。今までもよく驚かされることはあったけれど、こんなに大胆なことをするとは思わなかった」

この時、文恵はくるりと向きを変え、朝子の方を真っすぐに見る。睨《にら》んでいるのかと思ったがそうではない。大きな目から、涙が突然いく筋も流れ出した。

「そんなこと言わないでよぉ。私、朝子さんからそんな風に言われるの、いちばんつらい、本当につらいのよ」

「じゃ、何なの。私があなたのことを褒めてあげるとでも思ったの。まあ、そんなことをしないまでも、気にしないでいいのよ、とか、まあ人生、いろんなことがあるわ、とでも言うと思ったの。冗談じゃないわ。私、あなたのように甘ったれた人の、甘ったれた話を聞くほど暇じゃないのよ」

やっぱり自分は嫉妬しているのだ。朝子は胸の中にいくつもわく、熱い言葉の破裂を抑えるのに苦労した。

嫉妬だけではない。自分にも腹を立てている。臆病《おくびょう》な女、綺麗ごとだけで何も出来ない女。それが私だ――。

「私、朝子さんならわかってくれると思った」

文恵はゆっくりハンカチを目にあてた。こんな場面に何度か立ち会ったことがある。女子高校生の頃、朝子も、その友人たちも泣きながら、さまざまな恋の告白をしたものだ。
十六、十七ならいざ知らず、三十半ばになって、どうしてこんな涙を見なくてはならないのだろうかと、朝子は腹立たしくなった。
「朝子さんなら、きっときっと、ちゃんと理解してくれると思った……」

「私、文恵さんの気持ちを、一から十まで知っているわけでもないし、あなたっていう人を完璧《かんぺき》にわかっているわけじゃないわ。今度のことでますますわからなくなったのは本当よ」

「だって朝子さんには、大和田さんっていう人がいるじゃないの」

文恵の目がハンカチの上から覗《のぞ》いている。それはほとんど狡猾《こうかつ》といっていいぐらいだ。

彼女は泣きながらも、しっかりと朝子の反応を確かめようとしている。

朝子は怒りと驚きで、言葉をなくしてしまった。さっきから文恵がつぶやく、

「朝子さんなら、朝子さんなら……」

という意味がやっとわかった。文恵はずっと朝子を、共犯者と見なしていた。あるいは同じ境遇に引っ張り込もうとしていたに違いない。

「おかしなこと、言わないでちょうだい」

朝子は怒鳴り、この瞬間やっと大きな声が出た。

「いったい何を考えているのよ。私は大和田先生に店の設計をお願いしているから、それなりのお付き合いはあるわ。だけど文恵さんの考えているようなことは、いっさい無いわよ。おかしなこと考えないでちょうだい」

「だけど、あちらは違うことを考えているかもしれないじゃないの」

拗《す》ねたように文恵が言う時は甘えている時なのだが、その手にはのるまいと朝子は唇を嚙《か》みしめる。

「おかしなことこれ以上言うと怒るわよ。大和田先生には、奥さんも、お子さんもいらっしゃるのよ」

「だけど人を好きになるのは関係ないでしょう。加藤さんが言っていたわ。あいつはかなり真面目になっている。あの朝子さんっていうのは、やつの好みにぴったりなんだ、あいつが女のことを、あんなに真剣に話すの聞いたことがないって……」

その言葉の中には、朝子を狂喜させるいくつかの甘い蜜《みつ》が含まれていた。けれども朝子は怒りのために、それを味わう余裕はない。大和田は自分とのことを、加藤に話したというのか。

そしてそれを加藤は、寝物語に文恵に告げたのではないだろうか。

「汚ならしい、汚ならしい……」

朝子は力を込めて言った。

「私はあなたとは違うのよ。誰があなたみたいに汚ならしいことをするもんですか」

〝汚ならしい〟という言葉に、文恵はひるむかと思ったが、そうではなかった。ただ同じ言葉を繰り返すだけだ。

「私、朝子さんならわかってくれると思った。本当にわかってくれると思ってたのよ……」

「もういいわ」

文恵の頬をぶつことが出来たら、どれほど気持ちいいだろう。そんな考えを打ち消すように、朝子は勢いよく手を挙げる。ちょうど空のタクシーがやってくるところだった。

「もう、こんなことを繰り返してたって仕方ないわ。私はもう帰る、これ以上いて、あなたの不倫の片棒を担がされるのは、まっぴらよ」

普通だったら二人で乗り込み、近い方のどちらかのうちをまわって帰ってくるのだが、今はとてもそんな気分になれない。シートに身を沈め、窓の方に目をやると、そのまま立っている文恵が見えた。泣いた後だから、目はなおさら大きく見える。何か言いかけた唇が、奇妙な微笑のようなかたちで止まっていた。

「お客さん、このまま行っちゃっていいんですか」

タクシーの運転手が声をかける。帽子からはみ出している白髪といい、しわがれた声といい、後ろから見ても初老の男のようだ。

「もうこのあたり、この時間になると車なんかないよ。オレは偶然、今ここでお客さんを降ろしたからいるんだけどさあ……」

「いいのよ、自分で何とかするでしょう」

白いコートの文恵が遠ざかっていく。

「お客さん、香泉堂の奥さんだね」

しばらく行ってから、運転手は言った。何か不味《まず》いところを見られただろうかととっさに身構えたが、ホテルからかなり離れたところで、二人で立っていただけだ。そうよと、朝子は答えた。

「よくうちの会社は使っていただくんですよ。奥さんを乗せたことも、三回ぐらいありますよ」

「あら、そう。気づかなくてご免なさいね」

「いやー、タクシー乗るたんびに、いちいち運転手の顔なんか覚えていないさねえ。それにうちはいちばん大きいところだから、運転手も何人もいるしね」

朝子はやっと思い出した。新幹線の駅まで行きたいという客のために、時々タクシーを呼んでやることがあるのだ。私鉄の連絡が悪い時は、朝子もよくこの会社のタクシーを頼む。

「一年前かなあ、やっぱり奥さんを駅まで乗せていったことがあるよ。今、立っていた奥さんと一緒だったね。なんでも東京に買い物に行くって言ってた」

疲れている時の、タクシーの運転手との会話ほど億劫《おっくう》なものはない。朝子は適当に聞き流そうと思ったのだが、その時、運転手は意外なことを口にした。

「でも奥さん、変わったね。一年前とはまるで別人みたいだよ」

「別人みたい……」

問うたとたん、バックミラーに映る運転手と目が合った。やはり老いた男だ。垂れた瞼《まぶた》のまわりを、いく筋もの皺《しわ》が囲んでいる。

「なんていうの、こういう商売をしてるとさ、ふつうの奥さんか、働いてる女の人か、すぐにわかるよ。同じようなスーツ着てても、全然違うわけ。前に奥さん乗せた時はさ、やっぱり香泉堂の奥さんは品がいい、なんて思ったんだけど……」

「また会ったら、品が悪くなったっていうわけ」

そんなつもりは無かったのだが、問い返したら全くの軽口になった。

「いやあ、そんなんじゃなくってさあ、今夜乗せたら、あれって思うぐらい雰囲気が変わってんだよ。前はふつうの奥さんっていう感じだったけど、今は何かやってそうな風に見えるね」

商売を始めようとしているからでしょう。朝子は言いかけたが、それを説明するのはいかにも億劫だった。そのまま黙る。後悔が思いがけないほどの大きさで胸に迫ってくる。

どうして運転手の問いに、やすやすとのってしまったのだろうか。

「別人みたい……」

と聞き返した声に、切実さがあっただろうか。

あれこれ考えると、運転手にも自分にも腹が立ってきて、一瞬息が詰まりそうになった。朝子の不機嫌さが伝わるのだろう、運転手もそれきり何も言わない。

車は人通りの絶えた駅前を通り、香泉堂のビルの前についた。

「ご苦労さま」

朝子は五百円近い釣りはとらなかった。こうすることによって、得意先の若夫人という自分の立場と矜持《きょうじ》を、運転手に知らしめそうとしたのだ。運転手は「こりゃ、どうも」と、わざとらしいほど大きな声で礼を言った。それがさっきの不躾《ぶしつけ》な質問に対する詫《わ》びなのか、単にチップの礼なのか、朝子にはわからない。

裏のシャッターのところに立ち、舌うちのようなため息をもらす。今夜の自分はどうかしている。ショックなことがあったために、あまりにも過敏になり過ぎているようだ。タクシーの運転手とのやりとりにも、あれこれ気をまわしている自分を、朝子はいささか持てあましていた。

エレベーターで上にあがり、玄関を入ると、リビングルームのソファに哲生は座っていた。ブランデーグラスを手に、深夜テレビを見ている。アメリカからの中継らしいゴルフ番組だ。英語のアナウンスに、日本語がかぶさる。

「ただいま帰りました」

「ああ、お帰り。今日、オレも聞きに行ってたんだよ。知ってただろう。前から五番目ぐらいに座っていた」

前から五番目というと、招待席のあたりだ。協賛してくれていた会社の関係者たちに招待状を何枚か出していた。

「かなり盛況だったよなア。石川と一緒に聞いていたけれどほとんど満席じゃないか」

石川という名前に朝子はおびえる。文恵の夫は知らないままに、自分の妻を奪った男を長いこと見つめていたことになるのだ。

「加藤っていう男、テレビで見るほどヘラヘラしてなかったな。口先だけのもっと嫌な奴かと思っていたが、そうでもない。だけど有名人っていうのはいい商売だなあ。旅がどうした、こうしたなんて、あんな愚にもつかんことを言って、大金をかっさらっていくんだろう」

瓶を傾け、ブランデーをなみなみとグラスについで、氷をいくつか入れる。以前だったら、そんな飲み方をするものではないと朝子は小言を口にしたが、今は黙ってコートを脱ぐ。

「でも石川がさ、面白そうだから打ち上げへ行こうなんて言ったんだ。だけどあれは、女ばっかりの、男はご遠慮してもらいます、っていうもんだろ。やめておこうとオレは別の方へ引っ張ってった」

「その方がよかったわ。加藤さんも疲れたからってすぐお帰りになったから」

石川がもしやってきたら、どんな事態になっただろうと、朝子は冷や汗が出る思いだ。

「それで石川とあと二人で飲みにいったんだが驚いたよ。ホステスの中にも、今日の講演を聞きにいったのがいたんだぜ。加藤修二ってやっぱりいい男ねぇ、なんて言うもんだから、オレたちは面白くなくて、さっさと帰ってきたっていうわけだ」

しかし今夜の哲生は機嫌がよい。家に帰ってから、これほど酒を飲むというのも、最近めったにないことだ。

「お前も飲むか」

グラスを差し出す。朝子は「結構です」と断り、寝室へ入った。

服を着替え、リビングを通り過ぎる時も、哲生はまた独り言のように、テレビに向かったままでつぶやいた。

「加藤っていうのは、なんか癖がありそうな男だよなあ。その癖が女にとっちゃたまらんらしい」

湯船に湯を落とし、入浴剤がふくらんでいくさまを見つめた。哲生の話だと、ホステスたちまでが騒いでいたという。それほど加藤というのは魅力的な男らしい。文恵はそういう男に群らがる女たちのひとりということになるのだろうか。しかも、ちゃんとしたところの人妻で、かなりの美貌《びぼう》をもっている。だから、加藤がいたずら心を起こした、そうとしか考えられない。

しかし、それにのる文恵も文恵だ。どうしてたやすく、彼の策にのってしまうのだろうか。朝子は先ほどから気付いている。文恵と加藤を案じているようで、朝子が考えているのは自分たちのことだ。

九

文恵と自分とは、何と似ている方向を歩き出していたことだろう。同じような時に、同じような都会の男を好きになった。しかし朝子が躊躇《ちゅうちょ》している間に、文恵の方はさっさとあちら側へと、飛んでいってしまったのだ。

いま、朝子は驚き、悲しみ、呆気《あっけ》にとられている。悲しいのは、もちろん文恵の貞節が破れたからではない。これでもう、自分は大和田と恋をするチャンスを逸してしまったという思いだ。

友人に先を越されて、どうしてそのすぐ後に不道徳なことが出来るだろう。

「私はあなたとは違う。あなたみたいに汚ならしいことをするはずがないじゃないの」

そう叫んだとき、朝子は自分で自分の可能性をつんでしまったことになる。

口惜しいと思う。今さらながら文恵が憎いと思う。けれどもその憎しみを口に出すことは出来ない。説明のしようがない、理不尽な憎しみなのだ。

「なんだよ、おっかない顔をして」

リビングに戻ると、哲生がまた瓶に手を伸ばしているところだった。しばらく家で飲むところを見なかったが、酒量が随分上がったようだ。しかしそんなことは知ったことではない。

「ちょっと疲れているんです。打ち上げもさっき終わったばかりだし」

「そうだってな。石川の奴も言ってた。他の連中が乗り気じゃなくて、お前と文恵さんが飛びまわって頑張っていたらしいじゃないか。いい男を呼ぶとなると、女っていうのはあんなにも張り切るもんかって、石川の奴は笑っていたけどな」

すべてのことを文恵の夫に打ち明けたら、どれほど気分が晴れるだろうかと、そんな考えが頭をかすめる。

――私はまだ罪を犯さなかったけれど、あなたの奥さんは、さっさとためらいもなく、それをやり遂げてしまったんです――

心の中でつぶやき、その残忍さに我ながらぞっとした。

「そうね、文恵さんは案外責任感のある人だから、一度決めたことは一生懸命するわ」

あたりさわりのない言葉をやっと探して、朝子は寝室に入った。

洗ったばかりの髪は重たく、額のあたりに張りついている。それをドライヤーで乾かしながら、朝子は考えごとをする女が誰でもそうするように、鏡の中の自分の顔を見つめた。

湯上がりということを差し引いても、みずみずしい肌を持つ女がそこにはいた。昔、二十代のはじめの頃、三十代の女がいちばん美しいという言葉を聞いて、きっと嘘だと思った。もう若くない女を慰めるための方便だとさえ、人に言ったことがある。

けれど自分がその年代になったらよくわかった。余分なものがそぎ落とされ、顎《あご》のかたちも頬も綺麗《きれい》になる。そして肌の艶《つや》は透明感を持ち、男にもっと愛されたいと、からだ全体が歌い始めるのだ。

そう、まだ自分は若く美しいのだと、朝子は涙ぐみたいほどの確信を持った。それなのにどうして大和田を拒否したのだろうか。自分の心とからだを閉ざしてしまったのだろう。

隣の部屋で、ブランデーを浴びるほど飲んでいる男のためなのか。朝子はひとりでかぶりを振る。

いや、そうではない。単に自分の臆病《おくびょう》さのせいなのだ。未知の男に抱かれるのが怖かったからだ。けれどもその臆病さと恐怖の源を探ると、それはやはり朝子が人妻であるということに他ならない。

この堂々めぐりは、なおさら朝子をせつなくさせ、湯上がりに、わずかに芽生えたはれやかな心地よさはすっかり失くなってしまったようだ。

そしてドアが開く気配がした。

「あー、今シーズン、日本勢はからきし駄目だときたもんだ」

節をつけてつぶやきながら、哲生は着替え始める。パジャマのボタンをかける時、そこだけたっぷりと肉のついた腹が、鏡に映った。女のように白いなめらかな肌だ。

緊張が朝子を襲う。こんなふうに、夫婦で同時にベッドに入るのは何ヵ月ぶりだろうか。哲生が帰ってくるのは、ほとんど朝子が寝ついた後だったし、哲生が先に寝ている時は、朝子はぐずぐずとテレビを見たり、本を読んだりして時間をつぶしたものだ。

哲生は寝ついたりせずに、枕元のスタンドを灯《つ》けてゴルフ雑誌を読み始めた。これは朝子を求める前に、彼がよくする照れのポーズだ。

案の定、朝子が横たわると、哲生は「おい」と乱暴に声をかけ、手を伸ばしてきた。

「ちょっと今日は、疲れてるんです」

「なんだアレか。だけどお前はいつも月の初めじゃなかったか。そうだよなあ」

久しく妻に触れないというのに、生理日を把握している夫に、朝子は我慢出来ぬほどのおぞましさを感じた。

「疲れてるっていったら、疲れてるんです」

布団の中で逃れながら叫んだら、ついきつい言葉が出た。

「本当に頑固な、嫌な女だよなあ」

哲生はいまいまし気に舌打ちをする。

「いつまでもねちねちと、人のしたことを責めるんだから。オレはちゃんとしたつもりだけどな」

「そんなことを言ってるんじゃありません」

そんなことはどうだっていいんです、という言葉が出かかったが、それはもちろん口に出せるものではない。

「そうかよ、わかったよ」

哲生は急にぶっきらぼうになった。

「そこまで人のこと責めてんのかよ。そりゃ、オレは約束したさ。ちゃんと切るっていった。だけどさ、男と女のことだよ、今日言って、今日わかりましたっていうわけにもいかないじゃないか」

哲生は意外なことを言い出した。

「むろん、努力してるさ。だけど男と女のことは計算どおりにいくわけはない。そんなこと、いくら世間知らずのお前だってわかるだろう」

どうやら哲生は勘違いをしているようだ。朝子の不機嫌と拒否は、自分と女との関係ゆえと思い込んでしまったらしい。夫がぽつりぽつりとする釈明は、だから告白となった。

「金で片がつく女じゃないんだ。一銭でも出してみろ、プライドを傷つけられたってわめき出す。だから時間をかけて、徐々に、徐々にって、こっちも必死でいろいろ考えてるんだ。そこへお前が出てきて騒いだら、まとまるものもまとまらなくなってしまう」

朝子は少し混乱してきた。昨年の秋に、女とのことが発覚した時、夫はいつか女と別れると言ったはずだ。

「ちゃんとするといったら、ちゃんとするんだ」

と朝子を睨《にら》みつけたことを、つい昨日のように思い出す。けれども今の話から判断すると、どうやら夫は女と切れてはいないらしい。

このところ月に一度か二度のペースで、哲生は上京していた。一泊の時もあるが、二泊の時もある。レストランが忙しくなり、内装も少し変えたいのだとしきりに言っていた。その時、以前のように女と会っていたということだろうか。

「どこまで私を騙《だま》せば気が済むのかしら」

自分でも驚くほど高い声が出た。これは嫉妬《しっと》ではない。文恵と加藤とのことは嫉妬だが、今のこれは妻としての憤りなのだ。

「仕事だ、仕事だっていって東京へ行って、そこで女と会っていたっていうわけね。性懲りもなく」

「別れないとは言ってないだろう。ただ時間がかかるって言ってるだけじゃないか」

「そんな言いわけ、通じるとでも思っているのかしら。あなたは家庭を持っているんですよ。だから会えなくなったって言えばいいことでしょう」

「何度も言ったさ。だけど金で解決出来ない女なんだ。いったいどうすりゃいいんだよ」

哲生の口調の中に、かすかに男の得意気さがあるのを、朝子は吐き気がするような気持ちで聞いた。

るの」

「お金が目的じゃなかったら、いったいその人は、何が欲しくてあなたと付き合ってい

すらりとこの言葉が出た。素朴な疑問というものだ。朝子にはわからない。女のように突き出た、白いなめらかな腹、この腹を持った男を、相手の女はどうして愛したというのだろうか。

「お金でしょう。やっぱりお金よ。あなたが言ったような、はした金じゃなくて、相手の人は、もっと大金を欲しがっているのよ。そうに決まっているじゃないの」

汚ならしい言葉が、いくらでも出てくる夜だと、ふと思った。

「金、金だって」

怒るかと思ったが、哲生は唇をゆがめただけだ。

「お前らしいよ。全く、そういう発想でしかものごとをとらえられないんだから」

「だってそうに決まってるじゃないの。東京のばりばりの働いている女が、どうして、あなたみたいな田舎の普通のおじさんと付き合ったりするの」

〝口が勝手に動き出す〟という言葉が、実感としてわかった。頭と唇との神経はずたずたに裂かれ、呪いと怒りに満ちた言葉を、いくつも吐き出す。

「まさか純粋な愛情っていうんじゃないでしょうね。笑わせるようなことは言わないで頂戴《ちょうだい》、本当に、お願いだから」

夫と妻は一瞬睨み合ったが、目をそらしたのは夫の方が先だった。

「お前って嫌な女だよ。そしてそれ以上にかわいそうな女だよ」

「本当の愛情っていうものを知らないから？　まあ、そんなことを夫からお説教してもらう妻っているのかしら。まあ、大層勉強させてもらったもんだわね」

哲生はやおら枕をわし摑《つか》みにすると、脇の下にはさんだ。その突然で滑稽《こっけい》な動作の理由が、すぐには朝子にはわからない。

「客間で寝る」

憤然として哲生は言った。

「布団は夏布団だけですよ。押し入れの中に入ってますけれど」

「そんなことはどうだっていい」

ドアが閉まった時、朝子はへなへなとベッドの端に腰をおろした。ひどい疲れがどっとこみ上げてきた。

今夜、あまりにもいろんなことがあった。文恵から加藤との関係を聞かされ、そして夫の口から意外な事実を聞いた。ほんの数時間前、朝子は初めてやり遂げた講演会の成功に気をよくしていた。加藤のわがままに多少へきえきしながらも、うまく打ち上げ会から脱《ぬ》け出すことを考えていた。そんな平穏な時間がまるで嘘のようだ。

朝子は二つの重たい事実を持たされ、それに喘《あえ》いでいる。文恵は口惜しく、そして夫は憎い。どうしてこんな目にあわなければならないのだろうか。自分は好きな男の誘いに乗ることもなかった。くちづけはかわしたが、それ以上のことは拒んだのではないか。

本当に好きな男だった。大和田の顔も、声もどれをとっても好ましく、はっきりと思い出すことが出来る。

その時、朝子は不意に、大和田の声を聞いてみたいと思った。このつらく苦しい夜に、彼の声はどれほど甘美に響くことだろう。もしかすると、朝子を喜ばせる言葉を、いくつか電話口の向こうで言ってくれるかもしれない。しかし、そんなことが出来るはずがないと、もう一人の朝子の声がささやく。

「あんなひどいことをしたんではないか」

大和田が怒っていることは、十分考えられる。

「僕は絶対にあきらめませんからね」

と言ったものの、あれから何の連絡もない。先日電話をかけてきたのも、助手の根岸だった。もうこれ以上困らせないで欲しい。私には夫がいるのだからと、あの夜朝子ははっきりと言ってしまった。今さら電話をするのは、それこそ〝お門違い〟というものだろう。

けれども今夜の朝子には、どうしても電話をかけなければならない必然性がある。やはり大和田に、加藤と文恵のことを話さなければいけないだろう。

もしかすると、大和田は二人のことを知っているかもしれない。〝共謀〟とまではいかないまでも、大和田と加藤は、それぞれの恋の冒険を話し合っている可能性があった。朝子が大和田に対して、完璧《かんぺき》な信頼を持てないのは、このことが頭にあるからだ。

しかし今はそんなことはどうでもいい。およそ相談ごとぐらい、女が男に電話するための理由になるものがあるだろうか。

枕元の時計を見た、午前一時を少しまわったところだ。普通の人間だったら、とうに寝ている時間だろう。けれども朝子は知っていた、仕事に興がのってくると、大和田は夜明けまで事務所にいるのだ。

朝子はそのことに賭《か》けた。もし大和田がそこにいるのだったら、それは何か大きな吉兆なのだ。自分たちの恋はあのまま終わりはしない。

呼び出し音を五回聞いた。やはりいるはずはないと受話器を置こうとした時、朝子は不機嫌そうな男の声を聞いた。大和田ではない。若い男の声だ。

「もし、もし」

「もし、もし」

深夜の電話にありがちな、お互いの声の探り合いとなった。

「わたくし、香山朝子と申します。こんな時間申しわけございません。もしかしたら、大和田先生がいらっしゃるかと思って……」

「ああ、香山さんですか、沢田です」

いたずら電話ではないとわかったとたん、相手の男は急に愛想がよくなった。朝子は大和田の事務所で会った若い男の顔を思い出そうとしたが、あまりうまくいかない。

「ご無沙汰《ぶさた》しております。でも随分遅くまでお仕事をしていらっしゃるのね」

とはいうものの、こんな時間に電話をした後ろめたさもあって、朝子は男の機嫌をとり始める。

「いやあ、僕だけじゃありませんよ。他に四人残っています。来月ちょっと大きなコンペがあるもんですから。えーと、大和田はいまここにいません」

「そう、じゃあ、おうちに帰っていらっしゃるのね」

この言葉を発すると、胸に小さなトゲがいくつも生じるようだ。しかし相手は意外なことを言った。

「いいえ、ホテルにいるはずです」

「えっ、ホテルにいらっしゃるの、じゃあ、ご旅行中なの」

「いや、そうじゃなくて、今日は静岡で講演があったんです。そのまま横浜のホテルへ泊まるって、さっき電話がありました。あそこは大和田の常宿で、よく泊まって仕事をするんですよ。電話番号をお教えしましょうか」

沢田があまりにも屈託がないので、朝子も素直に聞くことが出来た。

「いいですか、〇四五の三五……」

「あ、ちょっと待ってください」

リビングルームにはあるが、寝室の電話にはメモがない。朝子はとっさに化粧ポーチから眉《まゆ》ペンシルを取り出し、手元の雑誌に書きつけた。

「一三二七号室ですよ。いつも必ずその部屋です。何でも角部屋で広いところなんだぞうですよ」

最後まで沢田は愛想がよかった。

朝子は立ち上がり、部屋のCDデッキをセットした。姑《しゅうとめ》の部屋や客間まではかなり離れている。寝室のドアをきちんと閉めさえすれば、音は漏れるはずはない。しかし念には念を入れて音楽をかけることにした。

モーツァルトの「オペラ名曲集」の最初の曲「恋とはどんなものかしら」が流れる。

それをきっかけに朝子は教えられたとおりの番号を押した。

想像どおり、全く眠気のかけらもない女の声がして、ホテルの名を朗らかに発した。

「申しわけありませんが、一三二七号室の大和田さんをお願いします」

ところがその後、彼女が発した言葉は意外なものであった。

「失礼ですが、そちら様のお名前をお聞かせください」

深夜はこれほど用心深くなるものだろうかと朝子は鼻白みながら、自分の名を告げた。

「しばらくお待ちくださいませ」

その間何の音もしない。受話器の向こう側には、白々とした空間が拡がっていて、そのどこかに大和田が息を潜めているような気がした。

「お待たせいたしました」

女の声はあきらかに硬《やす》くなっていた。

「大和田さまはもうお寝みになっていらして、電話は取り継がないでくれということでした」

「そんなはずはないでしょう」

突然の屈辱のために、朝子は大きな声を出した。「恋とはどんなものかしら」が終わり、CDから伯爵夫人が歌う有名なアリア「楽しい思い出はどこへ」が流れ始めた。

「私の名前をちゃんと言ってくれたのかしら」

「はい、お伝えしましたが、申しわけないが、もう寝んでいるとおっしゃいましたので……」

最後はかすかに朝子への非難が込められているようだった。

「わかったわ、じゃ、もういいです」

恥ずかしさと怒りで、朝子の肩は小さく震え出した。

十

曲は「ドン・ジョヴァンニ」の中の、セレナーデに移っている。それを聴きながら、朝子は死人のように、あおむけに横たわる。

これは復讐《ふくしゅう》ということなのだろうか。あの夜、朝子が拒んだことの答えなのだろうか。それならば、なんと大和田は子どもじみたことをするのだと、怒りはさらに大きくなっていく。たとえ大和田に男としての屈辱をあたえたとしても、朝子が依頼した建築家という立場は残っているはずだ。

「なんて馬鹿馬鹿しい、なんて嫌な男なの」

男のように舌うち出来たら、どんなにいいだろうとふと思う。女はたった一人でいる時も、呪いの言葉を吐いたり、罵詈《ばり》雑言《ぞうごん》をつぶやくことが出来ない。少なくとも朝子はそうだ。だから悪意や怒りは、からだ中をぐるぐるまわり始めるのだ。

鋭く闇を破って電話が鳴った。深夜の電話は、ほとんど恐怖心から、反射的に取ってしまう。たとえそれが悪戯《いたずら》電話だとしても、ベルの音を鳴り響かせるよりずっとましだ。

「大和田です」

朝子はへなへなと崩れ落ちてしまいそうなほどの、安堵《あんど》で胸がいっぱいになる。ついすがりつくような言葉を口にしかけたが、すんでのところで思いとどまった。それは男の声があまりにも自信にみちていることも原因している。

「こんな時間に電話をかけて迷惑かなと思いましたが、あなたの方からかけてきたっていうことは、そういう状況なんでしょう。たぶんご主人はそこにはいないはずだ」

「いいえ、そんなことはありませんわ」

朝子はきっとなって言った。

「ここは、寝室で、主人は隣で寝んでいます」

「嘘を言うなよ」

馴《な》れ馴《な》れしく大和田は言った。かすかに笑いを含んだ声で、朝子の中に先ほどとは違う種類の怒りが生まれた。

「ご主人がいないから、僕に電話をかけてきたんでしょう。でも僕はいったん断った、なぜだかわかるでしょう。あなたは、あれだけのことをしたんだ。あなたはやっぱり、ちょっとしたお仕置きが必要なんだ」

〝お仕置き〟という言葉は、意外なほどの甘さで朝子の心に染みた。けれども朝子の方こそ、大和田の自惚《うぬぼ》れを懲らしめたい気分だ。短いやり取りの間に、朝子はすっかり態勢を取り直していた。

「私が、大和田さんに電話したのは、そんなことじゃありませんわ」

「ほう」

「加藤さんと文恵さんのことなんです」

友人の秘密をもしかすると、漏らすことになるのかと、ちらっと思ったが仕方がない。なによりもこの街と東京では、あまりにも離れている。秘密も恋も独立して行われているという気がした。

「二人のこと、ご存じだったんでしょうか」

「二人のことというのは、二人が関係したか、どうかっていうことですか」

大和田の声は驚きや、切迫したところがまるでない。朝子は彼がとぼけているに違いないと確信を持った。

「ご存じだったんでしょう」

「そりゃね。加藤はあの奥さんのことを、綺麗《きれい》だ、可愛いってさんざん褒めていたから、そういうことがあっても何の不思議もない」

「だからって、文恵さんを誘惑してもいいことにはならないと思うわ」

「誘惑、こりゃ、また、古風な言葉を使いますなあ」

大和田が鼻の先で笑ったのが、受話器のこちら側でもはっきりとわかった。

「あの奥さんは、こう言っちゃ何だけれど、ちょっと危なっかしいところがあった。たえず飛びはねて、何かおもしろいものをきょろきょろ探しているような感じだったなあ。ああいう女性は、男が食指をつい伸ばしたくなるようなタイプだと思いますよ」

「汚ならしい言い方をしないでください」

この憤りは、文恵のためだけではない。朝子のささやかな記憶と、なくなってしまった未来のことも含まれている。

「失礼。あなたはすぐ怒るんだから。でも、男と女のことで、どっちが悪い、どっちが誘惑したなんてことはないでしょう。お互いに心が、同時に寄り添っていかなくては、そういうことは起こらないものなんですよ。あなたもよくご存じのようにね」

最後の言葉に、朝子の頬は熱くなったが、その計略にのるものかとも思う。

「そういうのは、東京の人、マスコミの人の論理だと思うんです。加藤さんにとってはただの遊びでも、女にとっては一生を左右するものになりかねない。そういう怖さ、男の人の方で、少しでもお考えになったことがあるのかしら」

今度は朝子が攻撃に出る番だ。

「このことがちょっとでも、ご主人の知るところになってごらんなさい。大変なことになるわ。東京ではしょっちゅう起こっていることが、この街では許されません。文恵さんはおうちを出ていかなきゃならなくなるんですよ」

「こんなことを聞いちゃいけないんだろうけれど、文恵さんは本気なんですか。加藤にのぼせまくっているわけなんですか」

「いいえ、それは……」

朝子は返事に詰まる。文恵の先ほどの態度から、そんな苦悩はちらりとも見えなかったような気がする。

「加藤はちゃらんぽらんに見えますが、あれでもけじめということを知っている男です。文恵さんとのこともひと言も漏らさなかった。僕は長い付き合いですから何となくわかりましたけれど、少なくとも堅気の奥さんとどうにかなって、それを得意気に吹聴《ふいちょう》するような男じゃありません」

「もちろん人に言いふらされたりしたら、大変なことになりますけれど、私は加藤さんっていう方がどうも不安なんです。文恵さんの心をもてあそんでいるような気がするんです」

「しつこく質問しますけれど、文恵さんはそれについて悩んで、あなたに相談しているわけですか」

「相談っていうわけじゃありませんでしたけれど……」

あれは何というのだろうか。告白という言葉がぴったりする。女学生の頃、校舎の裏でさんざんしたあれだ。

「彼とはうまくいっているの。だけど野球部のコからも、手紙をもらっちゃったわ」

「ねえ、ねえ、男の人って、どうしてすぐにあのことばかり考えているのかしら。私、悲しくなるわ」

そう、文恵はこんなふうにつぶやいたのだ。ちょっとした出来事だ、うまく言えないけれど、二人で秘密の思い出をつくったという感じよ、とつぶやいたのだ。

「あの二人のことは、そう心配しなくてもいい」

大和田は言った。

「言い方は悪いけれど、加藤はそういうことにたけた男です。あの奥さんに、ちょっとした思い出をつくってあげて、そして傷つけずに別れることが出来る。だけど僕は違う。僕たちといった方がいいかもしれない」

あっと朝子は息をのむ。いちばん欲しくて、なかばあきらめていたものが、これほど唐突にやってくるとは思ってもみなかったからだ。

「文恵さんとあなたは、まるっきり違う。自分たちで思っている以上に違う。わかりますね」

「はい……いいえ」

「文恵さんはいま加藤と何かあっても、半年たてばケロッとしてみんな忘れることが出来る人です。悪いといっているわけじゃない。そういう明るさと強さを持っている人なんです。だけどあなたは違う、つきつめて考える人だ。遊びで恋なんか出来る人じゃない。だから僕は本気なんです。わかりますね」

「はい」

いつのまにか朝子の心は大和田の掌《てのひら》の中にある。いつのまにか巧みに、ここまで連れてこられたという感じだ。

「来週には、やり直したラフスケッチが出来上がります。その時に会えますね」

「ですけど、その……」

「朝子さん、いま決めてください。僕が嫌なら、もう二度と会いたくないというのなら、あなたは僕をやめさせることが出来るんですよ。そうしたら僕はすぐに別の建築家を紹介してあげます。さあ、どうするんですか。いまノーと言うんですか。それとも来週、東京へ来ますか」

「私は……」

朝子は目を閉じたまま問う。

「私は、何曜日に行けばいいんでしょうか」

（下巻につづく）

みずうみの妻《つま》たち　上

林《はやし》 真《ま》理《り》子《こ》

平成30年 9月25日　初版発行

発行者●郡司 聡

発行●株式会社KADOKAWA
〒102-8177　東京都千代田区富士見2-13-3
電話　0570-002-301（ナビダイヤル）

角川文庫 21205

印刷所●株式会社暁印刷
製本所●株式会社ビルディング・ブックセンター

表紙画●和田三造

◎KADOKAWA　カスタマーサポート
［電話］0570-002-301（土日祝日を除く 11 時～17 時）
［WEB］https://www.kadokawa.co.jp/（「お問い合わせ」へお進みください）
※製造不良品につきましては上記窓口にて承ります。
※記述・収録内容を超えるご質問にはお答えできない場合があります。
※サポートは日本国内に限らせていただきます。

ISBN 978-4-04-106151-0　C0193

角川文庫発刊に際して

角　川　源　義

第二次世界大戦の敗北は、軍事力の敗北であった以上に、私たちの若い文化力の敗退であった。私たちの文化が戦争に対して如何に無力であり、単なるあだ花に過ぎなかったかを、私たちは身を以て体験し痛感した。西洋近代文化の摂取にとって、明治以後八十年の歳月は決して短かすぎたとは言えない。にもかかわらず、近代文化の伝統を確立し、自由な批判と柔軟な良識に富む文化層として自らを形成することに私たちは失敗して来た。そしてこれは、各層への文化の普及滲透を任務とする出版人の責任でもあった。

一九四五年以来、私たちは再び振出しに戻り、第一歩から踏み出すことを余儀なくされた。これは大きな不幸ではあるが、反面、これまでの混沌・未熟・歪曲の中にあった我が国の文化に秩序と確たる基礎を齎らすためには絶好の機会でもある。角川書店は、このような祖国の文化的危機にあたり、微力をも顧みず再建の礎石たるべき抱負と決意とをもって出発したが、ここに創立以来の念願を果すべく角川文庫を発刊する。これまで刊行されたあらゆる全集叢書文庫類の長所と短所とを検討し、古今東西の不朽の典籍を、良心的編集のもとに、廉価に、そして書架にふさわしい美本として、多くのひとびとに提供しようとする。しかし私たちは徒らに百科全書的な知識のジレッタントを作ることを目的とせず、あくまで祖国の文化に秩序と再建への道を示し、この文庫を角川書店の栄ある事業として、今後永久に継続発展せしめ、学芸と教養との殿堂として大成せんことを期したい。多くの読書子の愛情ある忠言と支持とによって、この希望と抱負とを完遂せしめられんことを願う。

一九四九年五月三日

角川文庫ベストセラー

ルンルンを買って おうちに帰ろう　林　真理子

モテたいやせたい結婚したい。いつの時代にも変わらない女の欲、そしてヒガミ、ネタミ、ソネミ。口には出せない女の本音を代弁し、読み始めたら止まらないと大絶賛を浴びた、抱腹絶倒のデビューエッセイ集。

葡萄が目にしみる　林　真理子

葡萄づくりの町。地方の進学校。自転車の車輪を軋ませて、乃里子は青春の門をくぐる。淡い想いと葛藤、目にしみる四季の移ろいを背景に、素朴で多感な少女の軌跡を鮮やかに描き上げた感動の長編。

食べるたびに、 哀しくって…　林　真理子

色あざやかな駄菓子への憧れ。初恋の巻き寿司。心を砕いた高校時代のお弁当。学生食堂のカツ丼。移り変わる時代相を織りこんで、食べ物が点在する心象風景をリリカルに描いた、青春グラフィティ。

次に行く国、 次にする恋　林　真理子

買物めあてのパリで弾みの恋。迷っていた結婚に決着をつけたNY。留学先のロンドンで苦い失恋。恋愛の似合う世界の都市で生まれた危うい恋など、心わきたつ様々な恋愛。贅沢なオリジナル文庫。

イミテーション・ ゴールド　林　真理子

レーサーを目指す恋人のためになんとしても一千万円を工面したい福美。株、ネズミ講、とその手段はエスカレート、「体」をも商品にしてしまう。若さ、金、権力――。「現代」の仕組みを映し出した恋愛長編。

角川文庫ベストセラー